I0613457

ANDRÉ WARNOD

PRISONNIER DE GUERRE

NOTES ET CROQUIS

RAPPORTÉS

D'ALLEMAGNE

60 DESSINS

de

L'AUTEUR

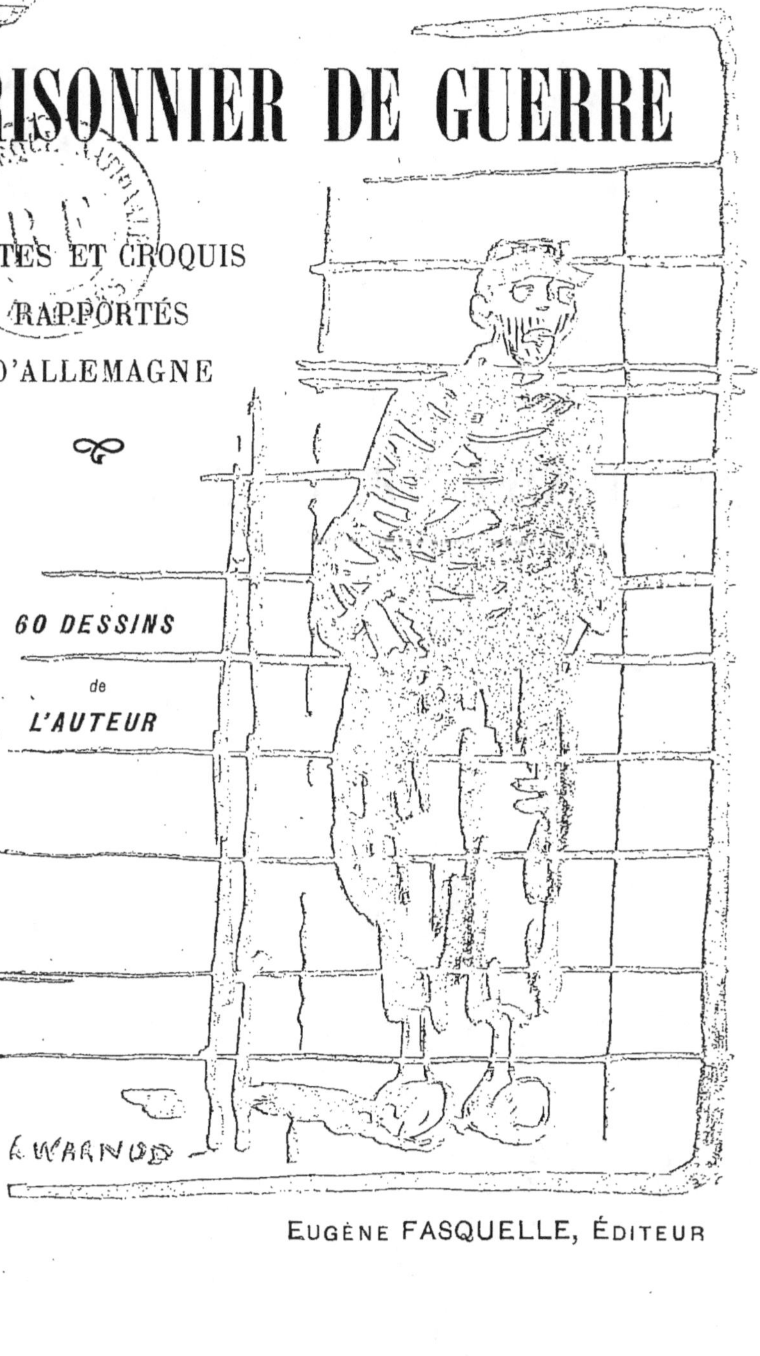

EUGÈNE FASQUELLE, ÉDITEUR

221871

PRISONNIER DE GUERRE

DU MÊME AUTEUR

Le Vieux Montmartre, 1 volume illustré (Figuière, éditeur).

Bals, cafés, cabarets, 1 volume illustré (Figuière, éditeur).

La Brocante, 1 volume illustré (Figuière, éditeur).

IL A ÉTÉ TIRÉ DE CET OUVRAGE :

20 exemplaires numérotés sur papier du Japon.

A MES CAMARADES

RESTÉS LA-BAS

ANDRÉ WARNOD

PRISONNIER DE GUERRE

NOTES ET CROQUIS RAPPORTÉS D'ALLEMAGNE

60 DESSINS DE L'AUTEUR

PARIS

Librairie CHARPENTIER et FASQUELLE

EUGÈNE FASQUELLE, ÉDITEUR

11, RUE DE GRENELLE, 11

1915

DU CHAMP DE BATAILLE
AU « CAMP »

Paris... des rues où on circule comme on veut... des restaurants où on mange ce qu'on veut... de vrais logis, de vrais sourires, du vrai pain... Je regarde tout cela après sept jours et sept nuits de wagon ; et je regarde ma capote en loques, sans boutons, dont une épingle anglaise retient la martingale, et le petit chiffon sale à croix rouge qu'est devenu mon brassard d'infirmier. Et je crois que je rêve.

On me demande de « raconter »? C'est bien difficile. En ce moment, j'ai vraiment peur de ne plus savoir, de ne plus pouvoir ; il me semble que j'ai perdu le « goût » d'écrire, comme j'ai perdu le goût du bon tabac et du bon vin.

Voilà deux jours qu'on me demande : « Que penses-tu de cette bouteille? et de ce cigare? » Je jure que je n'en pense rien du tout. Ce sont des saveurs dont j'ai perdu l'habitude et que je ne recommencerai de *comprendre* que petit à petit. Qu'on me laisse le temps...

De même me faudrait-il pouvoir réfléchir longuement avant de « raconter ». Pour l'instant, je n'aperçois plus ce passé d'il y a neuf mois qu'à travers un tas d'impressions troubles, sur le fond desquelles je vois se détacher, çà et là, de tout petits faits. Je revois le branle-bas confus de la mobilisation, le départ de la caserne, la traversée de Nancy... Des gens qui viennent à nous de partout, avec des fruits, avec du vin, avec des fleurs. Au canon de chaque fusil il y a un dahlia ou une rose. *Marseillaise... Chant du départ...* nous sommes couverts de poussière et de sueur, et des femmes nous embrassent. J'ai à ce moment, pour la première fois, le sentiment que nous allons faire de belles choses, et difficiles; et *qu'il faudra* faire, si difficiles qu'elles soient. Et puis on va... Mes souvenirs rede-

viennent confus... Frontière franchie, des poteaux
arrachés, les premiers coups de canons, la
première fusillade, ceux qui tombent... et qu'il
faut laisser derrière soi, les Boches en déroute,
l'ivresse d'avancer toujours,— et l'arrêt brusque
à Morhange. Pourquoi s'arrête-on ? Je ne sais pas.
Un simple soldat ne sait jamais. Je me rappelle
des marches et contre-marches, avec l'angoisse
au cœur, dans la nuit, sur les routes encom-
brées de troupes, au milieu de dragons, d'ar-
tilleurs avec leurs canons, de voitures de toutes
sortes, d'ambulances, de blessés qu'on soigne.
A présent, c'est la retraite; et puis, au Grand-
Couronné de Nancy, ordre de s'arrêter. Un
bruit se propage. L'ennemi est tout près. Et il
ne faut pas qu'il aille plus loin. Bataille... Je
vois passer devant nous, dans le vacarme,
baïonnette en avant, des chasseurs, des mar-
souins qu'on ne revoit plus. On nous dit que
devant eux les Bavarois maintenant reculent.
Le canon tonne affreusement, et sous les balles
qui sifflent nous creusons des tranchées. Des
jours passent. Nous attendons; et chaque soir,

2

après le bombardement de la journée, nous voyons s'allumer un village. On dirait que, l'un après l'autre, ils flambent tous. Celui que nous défendons tiendra-t-il.

Non. C'est son tour à présent. Un obus est tombé sur l'infirmerie, où plusieurs de nos blessés sont tués; et puis l'église... Je revois les ornements de l'autel épars dans la rue, les vitraux à jour comme des toiles d'araignée, la carcasse du clocher déchiquetée au-dessus de tout cela. Et ce vacarme... ce vacarme qui n'arrête pas et vous assomme! On nous dit qu'il y a près de nous un point que les Allemands veulent forcer et que nous devons défendre à tout prix. Les chasseurs à pied se battent là depuis deux jours comme des enragés. On nous envoie, la nuit, les relever. Nous prenons leurs places en rampant; nous nous glissons sous la tranchée couverte de branchages. (Plus tard nous apprendrons que le Kaiser était là, qui nous guettait et préparait une entrée triomphale de ses soldats dans Nancy.)

... On n'était pas trop mal dans cette tranchée, couverte de branches et de feuilles. La
mitraille passait au-dessus de nous, sans presque nous toucher. De temps en temps, un essai
d'attaque ; des casques gris s'avançaient.
« Tirez! » Et l'on voyait des hommes tomber
et s'enfuir. Nous étions pleins de confiance,
presque gais.

... Et puis, je revois le camarade qui, soudain,
dans le fracas toujours accru de la canonnade,
accourt vers nous. Il a le visage en sang. Il
avertit le capitaine qu'une tranchée voisine
s'est effondrée sous les obus, que notre ligne
est débordée; que nous allons être écrasés.
Et les voici, en effet. Ils arrivent sur notre
droite baïonnette en avant, et méthodiquement, criblent de balles la tranchée d'où il
faut pourtant sortir. Rude moment. Pour
s'échapper de cette zone d'enfer et reprendre
plus loin la bataille, il y a deux cents mètres
à franchir, environ. Rien à faire que d'affronter
ce feu régulier, serré, qui nous décime. A chaque
pas, quelqu'un tombe. Et quand est venu le

moment de se reformer pour reprendre la tranchée perdue, on se cherche... La moitié de la
compagnie n'est plus là. Et il faut reculer
encore. Je ne comprends toujours pas... J'ai
l'impression qu'autour de nous l'assourdissante mitrailleuse fait des ravages. On a très
faim, très soif, et on est éreinté, mais le moral
n'est pas mauvais. Et je me rappelle — enfin!
— l'émotion de ce soir lointain où sur les portes
des granges, au cantonnement, une petite
affiche fut clouée : Ordre du grand quartier
général. Ordre de tenir « coûte que coûte »,
jusqu'à un certain jour de septembre qu'on
indique... Il n'y a plus qu'une semaine. On
compte les jours, les heures... On y est et
devant nous, la grande menace, au lieu d'avancer, recule. Les Allemands ne prendront pas
Nancy, ils battent en retraite. Qu'est-ce qui
a bien pu se passer?

Avant de les suivre, on se compte. Ma pauvre
compagnie! A l'escouade, nous sommes trois.
Il n'y a plus ni lieutenants, ni caporaux; un
seul sergent nous reste; les hommes de liaison,

l'infirmier, les brancardiers sont tués. Il en faut d'autres tout de suite. On me désigne.

* *
*

Et nous occupons à présent les villages d'où les Boches se sont enfuis. Repos plus pénible encore que la bataille, dans la tristesse de cette campagne désertée, de ces villages en ruines, au milieu des pauvres petites maisons pillées, parmi les paysans qui pleurent. Pas grand'chose à faire, en attendant que la bataille continue. Et cela, c'est mauvais. Nous avons le temps d'avoir le cafard; de trop penser à chez nous.

Mais voilà la bonne nouvelle. On s'en va! Il paraît qu'on n'a plus besoin de nous dans l'Est, et que dans le Nord nous serons utiles. Embarquement pour le Nord. Nous sommes redevenus gais, sans comprendre. Le voyage est beau. A toutes les gares, on accourt vers les trains où nous nous entassons. On nous acclame, on nous apporte à boire, à manger, à fumer, et

2.

des fleurs. A l'arrivée, même accueil. On s'est emparé de nous, et c'est à qui nous hébergera, nous nourrira. Il paraît que les Boches sont tout près. On verra. Je me réjouis, en attendant les événements, de connaître ce pays de cocagne où l'on se sent si fier d'être soldat, et si joyeux de vivre!

Courte joie. Deux heures après notre débarquement, on annonce que les Allemands attaquent D..

Et nous quittons la ville pour aller nous battre. Deux jours encore passés, dans l'affreux tumulte et la fièvre de la bataille, à relever sous le feu ceux qui tombent. Le second jour, le commandant vient au poste de secours où je suis; il dit que son bataillon évacue le village et qu'il nous faut emmener tout de suite, comme nous pourrons, nos blessés. Une paysanne nous donne son cheval, une autre une carriole à quatre roues; on attelle, on « charge »; la carriole est vite pleine. On part. On avance en cahotant sur une route jonchée de cadavres

et de blessés, de chevaux tués, d'attelages
d'artillerie sans cavaliers, et bordée de meules
qui brûlent. Autour de nous des obus éclatent...
et je revois ceci dans mon souvenir : le commandant qui reparaît, explique quelque chose,
fait des gestes. La retraite est coupée et le
régiment quitte la route, à travers champs,
sans désordre, pour aller je ne sais où. Mais
où mener la carriole que je conduis? Elle ne
peut s'échapper, elle, à travers champs...
Allons tout droit.

Il y a là-bas un village, à cinq cents mètres.
C'est peut-être le salut. Je fouette le cheval
que je tiens par la bride et dont j'accompagne
le galop en courant de toutes mes forces, sous
le feu d'une mitrailleuse allemande qui bat la
route. Les balles sifflent, font voler la poussière
et les cailloux autour de nous, claquent, en rico-
chant, sur le toit de la voiture. Nous continuons
de courir aussi vite que nous pouvons. Deux
fois déjà le cheval blessé a buté. La troisième
fois, il s'écroule. La mitrailleuse tire toujours.

Il n'y a plus qu'un infirmier avec moi; nous

descendons les blessés de la voiture et nous les abritons derrière une meule. Et puis, nous attendons.

Il me semble que cette journée ne finira pas. Le régiment a disparu. Nous sommes seuls au bord de cette route vide, où les balles continuent de siffler. Un soldat, légèrement blessé, veut essayer quand même de rejoindre les camarades. Il tombe, au deuxième bond qu'il fait. Cette mitrailleuse ne nous lâchera donc pas!

Le soir, enfin. Un joli soir de fin d'été; un peu de fraîcheur et de nuit. La canonnade va s'arrêter, peut-être; et nous pourrons rejoindre les nôtres... On trouvera un cheval; on poussera la voiture; on se débrouillera...

Mais qu'est-ce que c'est que ça?

A deux cents mètres de nous, dans le crépuscule qui tombe doucement, une ligne de silhouettes noires a surgi, puis s'est effacée. Nous regardons, stupéfaits. La mitrailleuse ne tire plus. Mais de nouveau les silhouettes noires se dressent, puis s'abaissent. Il n'y a plus à douter. Ce sont les Boches.

Quoi faire? Des blessés, gardés par deux hommes sans armes, à côté d'un cheval mort. Nous attendons la dernière décharge qui nous abattra tous.

Alors, une idée vient à un chasseur à pied qui a les genoux broyés. Sur un mouchoir blanc avec le doigt trempé dans le sang d'une de ses blessures, il trace une croix rouge, attache ce chiffon au bout d'une baïonnette, et l'agite. Nous nous croyons sauvés par ce signe. Fusillade. Des balles traversent le tas que nous faisons. Personne n'est touché. Un sergent tire un chapelet de sa poche et dit : « Recommandons nos âmes à Dieu! »

Les silhouettes noires se sont approchées. On distingue la forme des casques. Ils sont à cent mètres, à cinquante, à vingt. On entend les hommes parler allemand. A dix mètres, trois ombres sortent du groupe, le fusil en avant. L'une d'elles crie : *Auf!* Je me lève, et frappant sur mon brassard, je réponds : *Rothe*

Kreutz (Croix-Rouge). On nous cerne. Ordre
de quitter nos équipements, nos sacs, et d'avancer. Et lentement, péniblement, les moins
blessés soutenant ou portant les autres, nous
entrons dans les lignes ennemies. Nous sommes
prisonniers.

***

... Je revois la ferme pleine de soldats allemands occupés à vider une cave et à boire dans
un grand silence. La grange est pleine de blessés.
Nous les avons rejoints. Un capitaine qui parle
français défend qu'on nous prenne notre argent.
Et toute la nuit, munis des pansements indi-
viduels et des trousses qu'on nous a laissés,
nous soignons, mon camarade et moi, les blessés
qui sont là, Français et Allemands, en tas dans
la paille.

Il fait jour. Des voitures, une section d'infirmiers allemands, sont arrivées. On embarque
nos blessés. Mon infirmier et moi — les deux
seuls valides — sommes emmenés entre un

caporal et un soldat, baïonnette au canon.
Nous ne savons pas où on nous conduit.

C'est sinistre, cette marche à quatre, dans
le silence, au milieu des maisons vides, ou
écroulées, et dont les carcasses fument, et
parmi lesquelles on voit apparaître, çà et là,
une figure craintive d'enfant, de femme. Et
puis ces morts, qui gisent sur la route : *nos*
morts. Les leurs sont enlevés déjà. Sur toutes
les portes, il y a les inscriptions à la craie qui
marquent les cantonnements. Leurs soldats
qui sont ici au repos, vont et viennent, silen-
cieux. On les voit étalés, tous vêtus de gris,
dans des fauteuils qu'ils ont tirés des maisons.
On passe devant des auberges et des épiceries
pillées. Une vache morte gît dans un champ.

Premier arrêt... Le corps de garde où nous
sommes amenés. Il est installé dans l'étude
d'un notaire. Les hommes nous regardent
sans antipathie apparente et nous donnent à
manger de leur repas, mais ils gardent pour
eux le vin qu'ils sont allés prendre chez l'habi-
tant. Le chef de poste est un homme assez

cultivé. Il me parle de Munich, nous montre
les photographies de tableaux qu'a peints un
de ses amis, et d'ignobles cartes postales illus-
trées, où nous sommes insultés grossièrement.
Il a un sourire bon enfant, et vraiment n'a pas
l'air de s'apercevoir qu'il nous fait souffrir.

Mais voici l'interrogatoire. Un officier d'état-
major est entré. Il nous pose, en un français
irréprochable, des questions sur les positions
de notre artillerie, des ouvrages fortifiés, des
troupes anglaises. Nous répondons que nous
sommes des gens d'ambulance et que nous ne
savons rien de tout cela. L'officier n'insiste pas.
Il dit simplement : « Cette guerre sera longue;
parce qu'après avoir pris Paris, il faudra que
nous allions anéantir les Russes. Mais en juillet
ce sera fini. »

L'état-major était installé dans la maison
du notaire. Nous y passons la nuit, et le lendemain on nous permet de sortir dans le jardin.
Voici le spectacle que nous avons sous les yeux.

Devant la maison, un camion militaire vient
de s'arrêter, escorté d'une corvée de soldats en

calots et sans armes. Ils entrent. D'autres hommes restent à la porte, avec des marteaux, un sac de clous, des planches, une scie. Très vite, ils font de grandes caisses autour desquelles le pillage s'organise sans bruit, méthodiquement. On amène le piano, les fauteuils, un canapé. Tout le monde travaille. On scie, on cloue, on transporte. Voici les tableaux, bien emballés, les bibelots fragiles enveloppés de paille. Un officier, le cigare aux lèvres, assiste à ce travail, et le dirige. C'est vraiment très bien fait et des professionnels n'auraient pas travaillé mieux. Quand le camion est plein, on le dirige vers la gare.

Nous continuons, nous, la route à pied. Des gendarmes sont venus nous prendre et nous joignent à un convoi déjà formé où nous nous trouvons mêlés à des prisonniers de toutes armes, à des civils, à des Marocains, visiblement abasourdis de ce qui leur arrive. On marche... on marche toute la journée. Des gendarmes à cheval nous encadrent. Où va-t-on ?

Les gendarmes nous ont passés à de vieux

3

landsturm bavarois qui sont coiffés de la casquette en cuir bouilli, avec une croix blanche
par devant; raides sans méchanceté, pas
guerriers, pas conquérants du
tout. La nuit est venue (la
troisième depuis le jour où le
camarade chasseur agitait au
bout de sa baïonnette le mouchoir rougi). Il faut dormir. On

entasse notre pauvre troupe
dans une étroite remise à voitures. Le capitaine est un petit
gros, très ventru, qui déclare,
avant de fermer la porte sur
nous : «Celui qui voudra sortir
sera fusillé. Tel est mon ordre. »
Un Bavarois nous fait passer un peu de soupe
et nous nous étendons par terre, en attendant
le matin.

... Et la marche recommence. Sur la route
nous croisons des prolonges d'artillerie, des
camions énormes, des voitures d'ambulance,
des canons, des escortes de cavaliers. Voitures

grises, canons gris, uniformes gris... une seule
note gaie, à l'avant des automobiles d'officiers :
le coloriage de petites poupées habillées en
soldats français et qui leur viennent de quelque pillage de bazar. Nous croisons une compagnie d'infanterie. Un grand diable sort du
rang et, avec des injures, lance en pleine
poitrine d'un de nos blessés, qui a le bras en
écharpe, un coup de crosse. Le blessé trébuche,
un officier repousse, sans rien dire, la brute
en arrière. Plus loin, d'une automobile d'officiers qui passe s'élèvent des cris. On nous injurie.
Et pendant que la voiture file dans la poussière
l'un deux nous crie : « Sales Boches! Têtes de
Boches! » Il sait bien, en effet, qu'aucune
injure ne saurait nous blesser davantage.

... Une ville. Les hommes de l'escorte se sont
dit quelque chose, et regardent en l'air. Un
avion vient d'être aperçu. C'est un français, qui
rapidement vient vers nous. Grosse émotion
parmi les soldats. Nous entendons le déclic
des fusils qu'on arme. Coup de sifflet. Une

fusillade assourdissante éclate à nos oreilles. Nous allons encore passer un mauvais moment.

Des bombes ont été lancées de l'avion, et tout de suite on nous aligne le long d'une maison... L'avion a disparu. Un instant les officiers discutent, puis le capitaine remonte à cheval et donne l'ordre de se remettre en route. Nous entrons dans la ville. C'est Cambrai.

Les rues semblent mortes. Sur tous les murs, les affiches blanches, rédigées en français, de la Kommandantur. Les gens nous regardent passer sans rien dire. Un de nos soldats repousse brutalement une femme qui s'approche pour nous donner du pain. Et puis on nous arrête sur une place, près de l'hôtel de ville. Les bombes de l'avion sont tombées là. Une boutique est éventrée. Des chevaux morts gisent dans une mare de sang. Nous sommes à bout de forces, et beaucoup d'entre nous s'étendent sur le pavé. Des habitants, qu'on laisse s'approcher de nous, apportent des provisions; du pain surtout, et des fruits. Nos gardiens s'emparent de cette nourriture, se rassasient, puis repoussent la foule à coups de crosse; et il faut se remettre en route. Des femmes pleurent en nous regardant.

Nous ne marchons plus longtemps. On nous a conduits à la gare des marchandises où les Bavarois nous re-mettent aux mains de grands Saxons, tout jeunes, bergers brutaux du pauvre troupeau que nous sommes. Il y a de tout dans ce trou-peau que nous avons rejoint et qui mainte-nant remplit la gare : des soldats, des civils

et parmi eux des vieillards. Un pauvre gosse de treize ans, qui pleure à chaudes larmes, est entraîné au milieu de nous par un robuste gaillard casqué. On a trouvé l'enfant qui jouait sur une route avec des étuis à cartouches, et le Boche explique : « Franc-tireur... franc-

3.

tireur... Kapout », en faisant signe au prisonnier de treize ans qu'on va lui couper le cou.
C'est leur folie. Ils voient des francs-tireurs
partout.

Le soir est venu. Nous sommes affamés. On
ne nous a distribué qu'une poignée de biscuits
depuis le matin; et maintenant on nous embarque dans des wagons à bestiaux. Nous
sommes quarante-six dans celui où je suis
monté; parmi eux le pauvre gosse, le « franc-
tireur », et une dizaine de blessés. Le train roule,
dans la nuit vers l'Allemagne. Où nous mène-
t-on ?

L'enfant continue de pleurer.

LE CAMP

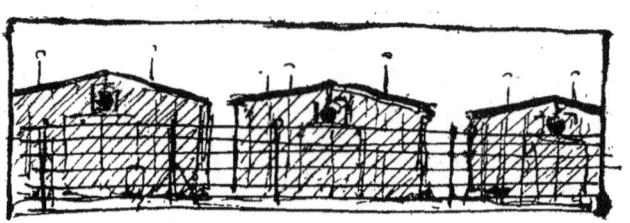

... On s'est arrêté. Il y a longtemps que nous roulons dans cette nuit qui ne finit pas. Aucun appel. Ce grand calme, ce silence, cette obscurité ont quelque chose d'angoissant. C'est le cauchemar après la bataille. Et puis le jour se lève. Par la fente de la porte un rayon de lumière a filtré. Nous avons de plus en plus faim. « Et le jus? » dit un artilleur.

Le train est reparti, a roulé longtemps, s'est arrêté encore. Enfin! Les panneaux grincent le long du wagon. On voit clair. « C'est le jus », dit l'artilleur.

Ce n'est rien encore. Une tête allemande apparaît; un soldat. Il ricane, fait signe au

gamin qu'on va lui couper le cou et referme
la porte. On repart. Le train s'est ébranlé dans
un grand choc de wagons. Bruxelles! On a
ouvert, pour nous donner un peu d'air, la lucarne
de la voiture, et on nous a jeté des morceaux
de pain. Nous voyons des gens qui, derrière
les vitres des maisons, nous font des signes
d'adieu. Comme nous passons sous un pont,
un homme, de la rue, lève et agite son chapeau.

Et on continue de rouler. Les heures suivent
les heures. On s'arrête très longtemps sur des
voies de garage. On croise des trains de troupes
qui chantent des chants patriotiques et nous
crient des injures. Une seconde nuit passe...
et de nouveau, c'est le jour. Nous avons l'impression atroce que jamais on ne nous tirera
de ce wagon, qu'on nous a *oubliés*. Troisième
nuit. On ne peut même plus dormir tant on a
faim. A la clarté du jour qui tombe de cette
lucarne, comme dans une cave, je regarde les
figures... Des faces effrayantes de pâleur et
de tristesse; les traits tirés. On ne parle plus.
Le gosse pleure toujours. Et voici Liége en

ruines; la frontière... Aix-la-Chapelle. Nous
roulons maintenant *chez eux*, et ce sont des
huées, chaque fois que le train traverse une
gare. A Cologne, une pluie de cailloux s'abat
sur les wagons, et je me rappelle que j'étais
venu ici, il y a quelques mois, en compagnie de
quelques confrères, critiques d'art. Nous ve-
nions voir et vanter leur Exposition. On nous
avait reçus triomphalement... Ils nous jettent
des pierres à présent, et nous conspuent.

La faim nous fait de plus en plus souffrir;
et ce n'est qu'après une autre interminable
nuit de supplice qu'on nous fait descendre de
wagon, je ne sais plus où, pour venir, dans un
grand hall bâti pour le passage des troupes,
manger de la soupe...

Nous remontons en wagon, à peu près ras-
sasiés; et déjà nous avons repris courage. Une
paysanne, dans un champ, nous fait rire à
cause de son bonnet noir et de sa jupe rouge
Nous devenons goguenards.

Et l'on roule une nuit encore. Combien de
nuits cela fait-il? Je ne sais plus. Enfin, le train

s'étant arrêté, les wagons s'ouvrent. *Merse-burg!*

*   *
*

C'est ici. Il pleut. On nous fait descendre sur le quai et ranger par quatre. De l'autre côté des barrières, une foule attend sous les parapluies. « Qu'est-ce que nous allons prendre! » me souffle à l'oreille mon voisin.

Ils n'ont pas bougé et nous laissent passer sans rien dire. Ah! ce défilé sous la pluie, qui vient maintenant tremper la poussière et la boue dont nous sommes couverts! Mais ils nous regardent très curieusement. Ces uniformes de toutes couleurs, ces bérets d'alpins, ces turbans, ces chéchias de tirailleurs composent, dans la morne tristesse de cette ville, sous l'averse, un tableau presque gai, et qui les effare...

Le camp, il y a neuf mois, n'était pas encore construit, et quand nous passâmes, ce matin-là, devant le corps de garde d'entrée pour gagner les abris que les baraques d'à présent allaient remplacer bientôt, nous n'avions devant nous, sous la pluie fine et serrée, qu'une immense plaine de boue dont les limites étaient marquées au loin, par des fils de fer barbelés... Combien de semaines allions-nous passer dans ce désert? Combien de mois?

Et bientôt, hélas! le désert se peuplait.

C'était une ville hier, quand j'en suis sorti. Mais quelle ville!

A perte de vue s'alignent des baraques en bois, recouvertes de papier goudronné, toutes absolument semblables, toutes disposées de la même manière. Rien ne rompt la monotonie triste et grise de ces grandes cabanes d'un noir déteint, militairement rangées sur un champ de poussière ou de boue. Pas un brin d'herbe; pas le moindre petit arbre, mais, à perte de vue, végétation unique de ce lieu désolé, des fils de fer barbelés comme des lianes souples, sournoises, méchantes, qui courent autour du camp de poteau en poteau, montent pour former une barrière jusqu'à

4

trois mètres, redescendent pour en reformer
plus loin une seconde, s'insinuent entre les
baraques, les groupent par six dans un enclos
qui les étouffe, continuent leur route, rejoignent
leurs premières barrières, tracent un chemin
de ronde, se perdent en réseau, infatigables,
renforcent et consolident la cage, de partout...
On a bien le sentiment qu'on est maintenant
ici séparé *de tout ;* que la vie du prisonnier se
passera dorénavant de l'autre côté de ces fils
de fer ; il y aura la campagne, des arbres qui
verdiront, des blés qui lèveront, des gens qui
riront et souffriront, des jeunes gens qui
s'armeront pour défendre leur pays ; mais que
tout cela, ce sera de l'autre côté des fils de fer !
Comme des bêtes captives et domestiques, les
prisonniers verront les choses de très loin. Il
n'y aura près d'eux, contre eux, que ces hommes
qui sont là-bas... ces sentinelles fortes de leurs
fusils, de leurs canons toujours braqués, de
leurs chiens aux aguets, de leurs mitrailleuses
guetteuses, et puis, un peu plus loin, une foule :
des jeunes filles en toilettes claires, de vieux

LES BARAQUES.

buveurs de bière, des gosses à lunettes qui ricanent en nous dévisageant avec des jumelles de théâtre.

Il faut beaucoup de courage pour s'habituer à vivre dans ces petits enclos tout semblables à ceux où sont enfermés les animaux d'un jardin zoologique. Chacun d'eux contient une compagnie de quinze cents hommes environ, entassés dans six baraques. Il y a dans le camp huit compagnies ainsi disposées. C'est un camp modèle, construit avec méthode, un véritable article d'exposition et de camelote boche. Rien n'est oublié. Il y a des corps de garde, des cuisines, une salle de douches, des lavoirs, un petit hôpital, une machine à désinfection, l'éclairage au gaz et à l'électricité. C'est admirable, il n'y manque rien... on ne souffre que de l'essentiel. On meurt de faim; on couche à *trois* sur *deux* paillasses couvertes de vermine; il y a des prisonniers qui, de tout l'hiver, n'ont pas pu arriver un instant à se réchauffer. Après quelques mois d'usage, partout le bois a joué; les toits laissent passer l'eau. Mais c'est un camp

4.

modèle (*made in Germany*) où théoriquement
rien ne manque.

Le camp est presque une ville, une ville de
vingt mille âmes, dont la population mascu-
line est composée d'éléments de toutes sortes.
Civils du Nord, mineurs pour la plupart, ré-
formés ou infirmes (il y eut longtemps des
gosses de douze ans et des vieillards de quatre-
vingts ans); des soldats de toutes les armes

territoriaux de villes conquises, des zouaves
blessés, Russes innombrables, en loques et
affamés, Écossais aux jambes nues, goumiers
d'Afrique drapés dans leurs burnous; et, pour
augmenter encore l'aspect cosmopolite de cette
foule, tous les uniformes sont mêlés et confon-
dus. On voit des zouaves avec des bottes de
Russes, des tirailleurs avec des vestes d'artil-
leurs, des Belges avec des manteaux anglais,

sur toutes les tuniques voisinent les boutons réglementaires de toutes les armées.

Les Allemands ont voulu que toutes les nations alliées fussent mé-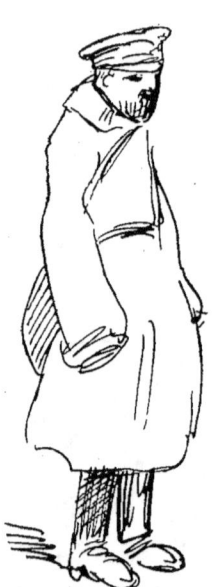langées. Ils pensaient que cette promiscuité ferait naître entre nous des querelles, des batailles; ils se sont trompés, et tous ces hommes qui endurent les mêmes souffrances, devant le même ennemi, ont appris à se connaître, à s'aimer, plus peut-être encore que ceux qui combattent côte à côte. C'est la réalisation d'une sorte de bonne « Internationale » dont l'Allemagne serait exclue, et où certains soirs, dans la baraque, on sent palpiter et vibrer un cœur unique : le cœur de l'immense armée des Alliés.

Mais chacun garde sa personnalité. Les races et les pays conservent leur caractère. Et c'est

cette diversité dans le pittoresque qui frappe
tout d'abord quand on entre dans la baraque.
Les Russes se livrent à quelque travail de
menuiserie; leur uniforme gris
vert, près des paillasses de
toile bise et des planches de
sapin, fait un coin clair. Les
soldats français ont retrouvé
des habitudes de caserne, et
l'endroit où ils sont groupés a
un faux air de chambrée. L'ordre et la régularité cachent la
crasse assez bien.

Les habits sont rangés en
paquetage, les musettes, les
bidons correctement accrochés
à leurs clous. Chez les pauvres
civils, au contraire, un grand
désordre; le désordre désemparé de gens forcés
de vivre en commun, et qui n'ont pas été
soldats. Ils ont été emmenés à l'improviste,
les uns pris au lit, d'autres comme ils allaient
acheter un paquet de tabac; on les a forcés,

avec des coups et des injures, à marcher comme ils étaient, en savates, quelques-uns tête nue, la plupart sans argent; les riches, les pauvres, les bancals, les bossus, les vieil-

lards, les enfants sont réunis là pêle-mêle, dans une pitoyable misère, avec des airs effarés d'émigrants entassés à fond de cale.

C'est une assemblée grouillante, bruyante et remuante de gens installés trop à l'étroit; du linge sèche, pendu à des cordes qui vont d'un mur à l'autre, l'atmosphère est irrespi-

rable; on chante, on fume malgré la défense
expresse, on discute, on se querelle; il y en a
qui jouent aux cartes, d'autres qui, à moitié
nus, se nettoient... Sur les paillasses trop peu
nombreuses où l'on dort, serrés les uns contre

les autres — on n'a même pas son lit à soi tout
seul — la vermine court.

Tant que l'hiver dura, comme il faisait très
froid et comme on ne touchait qu'une dérisoire
ration de charbon — mais il y avait des poêles
superbes! — il fallut compter sur la chaleur
dégagée par tant de corps entassés pour ne
pas geler. On n'ouvrait que rarement les

fenêtres, et dès qu'on les ouvrait, de violentes
protestations s'élevaient; quelques-uns pré-
féraient à l'air humide et glacé cette buée
affreuse, où se mêlaient des relents de fumée
de pipe, de sueur et d'haleines. Quand vint
l'été, on envoya la plupart de nous au travail;
la baraque fut moins inhabitable.

L'interprète et le chef de baraque occupent
une petite chambre séparée de la pièce com-
mune par une cloison. Certaines de ces chambres,
grâce à des prodiges d'ingéniosité, sont parées
d'une espèce d'élégance, prennent un air intime
et familier qui fera la captivité moins triste.
Il y en a qui ont fait venir de la ville du papier
pour tapisser les murs, et fabriquer par des
Russes une table et des tabourets. Des peintres
ont accroché aux murs des aquarelles, ou y ont
appliqué des pochoirs. Et parmi tant de misère,
telles de ces chambrettes apparaissent comme
des refuges accueillants et très doux; encore
qu'on ne puisse chasser tout à fait la vermine, et que l'hiver, comme dans la baraque,
la neige amenée par tant de souliers ferrés et de

LA SOUPE.

sabots, et fondue le soir à la chaleur, entre-
tînt une perpétuelle humidité.

***

La vie commence avant le jour, triste et
gris. La « section de jour » fournit les hommes
chargés d'aller aux cuisines chercher le café.
C'est un vague liquide noirâtre, mais chaud;
il ne faut pas lui en demander davantage:
glands ou orge grillés sans sucre. La chambrée
s'est éveillée; les prévoyants, qui avaient
préféré se coucher presque sans dîner, ont
encore dans la poche un petit morceau d'horrible pain KK qu'ils trempent avec délices
dans le breuvage noir.

Bientôt, avec des cris, des *aus! aus!* et des
coups de pied, les sous-officiers allemands
font sortir tout le monde. C'est le rassemblement. On reste aligné une heure, quelquefois
plus. (L'hiver, un froid noir nous mordait les
pieds et les doigts.) Il faut que les Allemands
fassent l'appel. C'est tout une histoire; jamais

les comptes ne sont justes; il y en a trop ou
pas assez, on recompte une fois, deux fois,
trois fois. Quand c'est fini, les chefs de section touchent les pains et vont les distribuer.
Opération importante!

Le pain est, dans un camp de prisonniers,
une denrée précieuse, extrêmement rare. On
n'en vend pas à la cantine et, chaque mois,
la ration diminue un peu plus. Elle n'est plus,
à présent, qu'un petit morceau pour toute la
journée. C'est un pain noir, compact, humide
et pâteux, produit d'une chimie sournoise et
compliquée, au goût aigre et sur, aux croûtes
si dures qu'on s'y casse les dents. Et pourtant,
il faut voir avec quel soin, avec quel respect
on se partage ça... Il y a des baraques où l'on
a fabriqué *des balances*, afin que chacun ait
sa part à un gramme près; dans d'autres, le
hasard seul est maître, et les parts une fois
faites, chaque homme prend un numéro. C'est
une loterie; celui qui gagne ainsi un morceau
un peu plus gros que les autres est farouche-
ment envié.

... Dix heures et demie. La soupe. Elle arrive dans de grandes boîtes en fer portées par quatre hommes. Les prisonniers, la gamelle à la main, s'alignent et la distribution commence. Chacun a droit à une louche d'un demi-litre. Un jour c'est une soupe grasse, un jour une soupe maigre. Le repas maigre consiste en une farine de légumes délayée dans de l'eau, tantôt trop salée, tantôt pas salée du tout, ou bien c'est de l'orge ou du riz. Les jours gras, on ajoute à cela de petits bouts de viande hachée — et quelle viande! Tétines et tripailles, foie, cœur ou rate. Une nausée me vient quand j'y repense.

La soupe du soir était pire peut-être : graine de lin, millet, farine, tapioca, bouillis à l'eau *sans sel ni sucre* et qui, sitôt refroidis, se transforment en colle compacte et solide; ou bien ce sont des pommes de terre à cochons, à peine lavées, cuites avec les pelures auxquelles s'ajoute un bout de boudin froid souvent avarié, ou un hareng cru conservé dans la saumure. On ne saurait imaginer l'angoisse

5.

du pauvre affamé qui sent craquer sous ses dents ce poisson *cru* dont le sel lui emporte la bouche.

**

L'hiver, on ne travaillait pas; et les journées passaient ainsi, affreusement vides. Après la soupe du soir, les corvées finies, la tristesse augmentait encore. Alors on parlait de la

guerre, on racontait des histoires de batailles; les blessés ressassaient les atrocités qu'ils avaient vues, disaient leurs souffrances. Les civils belges racontaient les horreurs de leur pays envahi : cadavres de femmes violées qu'on trouvait dans les champs, mutilations d'hommes et d'enfants, villages entiers obligés de marcher devant les lignes des tirailleurs, et les pillages, les saouleries des casques à pointe... Et puis on se tait. La nuit est venue et dou-

L'APPEL DES PRISONNIERS.

cement enveloppe tout de mystère. Alors, on pense à « là-bas », à ceux qu'on aime, au temps où, la baïonnette au bout du fusil, on s'en allait sur les routes de France, dans la mitraille. Comme on regrette ce temps-là, avec quelle frénésie on marcherait en avant si cela était encore possible! Mais on n'est plus rien; on est des bêtes captives. On a l'atroce impression d'être abandonné, perdu, relié à la vie seulement par un fil ténu : *la poste!* Il n'y a plus que cela au monde : les lettres qu'on reçoit; et puis les petits paquets qui empêchent qu'on n'ait trop faim.

Depuis le printemps, on travaille. Ceux qui sont allés travailler reviennent en rangs, le soir, exténués; mais le plus grand nombre des travailleurs couchent aux chantiers. On ne les revoit que quand ils sont ramenés, un membre cassé, les côtes enfoncées par des éboulements dans les mines, — portés sur un petit brancard qui les conduit à l'hôpital.

Et quelquefois, à la nuit tombante, un autre cortège sort du camp. Des sentinelles en man-

LES RUSSES ONT FAIM.

A WARNOD

teau noir, baïonnette au canon, servent d'escorte; des fantassins en culotte rouge traînent un chariot sur lequel, arrimé par des cordes, s'en va vers la ville le cercueil d'un pauvre gars mort au camp, de tuberculose ou de fièvre. Son heure n'avait pas sonné quand sifflaient les balles et hurlaient les canons; elle sonne à présent, dans la lourde, hostile, haineuse paix du pays ennemi.

... Et on se couche, roulé dans sa couverture; et on tâche de dormir le plus possible, avant de recommencer le lendemain, dans la grande baraque ou au chantier, une journée aussi vide, aussi morne, aussi triste que les autres.

EUX ET NOUS

6

Non licet omnibus... Il n'est pas permis à
toutes les petites villes d'Allemagne d'avoir
leur camp de prisonniers. Celles qui en ont un
sont heureuses. Le camp de prisonniers est
la grande attraction du pays; et cela est
autrement récréatif, en effet, pour des familles
qui se sont peut-être ennuyées toute leur vie,
qu'un village malgache ou un gourbi de Touareg.

Aussi vient-on en foule nous regarder ;
voir, enfermés dans leurs enclos de fil de fer,
les différents spécimens de la race des ennemis
de l'Allemagne. C'est, en même temps qu'amu-
ser sa curiosité, rendre hommage à la force
militaire de la grande Bochie; c'est un régal
dont on ne se lasse pas; pour mieux voir, on

emporte des jumelles de théâtre. Les goumiers et les Écossais en jupe courte soulèvent de grands rires; la vue des blessés exalte le chauvi-nisme allemand; à la vue

de ces béquilles et de ces manches vides, des vieux serrent les poings, nous crient des injures triom-phales, brandissent des cannes et des parapluies. Le dimanche, les gens des campagnes avoisi-nantes se joignent aux gens de la ville; en « toi-lette » (il faut voir cela, et c'est notre tour de rire), les femmes défilent devant nos fils de fer... Précédés de fifres et de tambours, leurs ridicules petits boy-scouts courts sur pattes, avec de grosses lunettes, passent en secouant des drapeaux. Tout ce monde s'amuse, et s'étonne; et il y a, dans la foule, les hommes graves et renseignés qui, sans antipathie appa-rente, « expliquent » le prisonnier.

Mais ils ne se rendent pas compte qu'ils sont
eux, un spectacle aussi; et voici ce qui paraît
les surprendre infiniment : ces captifs, ces
hommes qui ont faim et qui sont en loques

(c'est leur coquetterie), se promènent parfois
en chantant, au nez des badauds qui les regardent... Il a fallu des mois de lassitude et
de misère pour abattre un peu de cette cou-
rageuse gaieté; une gaieté qui entend montrer
qu'on ne s'avoue pas vaincus; qu'on est « des
Français ».

Nous nous sommes aperçus, d'ailleurs, dès
le premier jour que ce public allemand avait
une espèce d'admiration pour nous; comment
expliquer cela? une admiration amusée et un
peu dédaigneuse. Le fond de leur idée est
qu'il nous manque « quelque chose »; et que
ce quelque chose, c'est la kultur allemande
qui seule nous le pourrait donner. Le Français
ne leur est pas antipathique. C'est un bon
garçon, frivole et léger, qui s'est laissé entraî-
ner dans une méchante histoire, par les Anglais... Voilà les sentiments que m'ont maintes
fois exprimés là-bas des civils et des militaires.
D'aucuns même ajoutent qu'avant la fin de
la campagne la France et l'Allemagne seront
d'accord pour battre l'Angleterre. Ils disent ces
monstruosités très naïvement, en ouvrant des
yeux candides.

Au contraire, ils sont animés contre l'Anglais d'une haine farouche, qui n'a d'égale que
leur mépris à l'égard du Russe.

Les gardiens raisonnent à peu près de la
même façon. Ce sont de vieux *landsturm* qui

désirent avant toute chose la fin de la guerre.
Ils ne conçoivent pas que l'Allemagne puisse
être vaincue; mais ils avouent à quelques-uns

d'entre nous ne plus compter sur la « grande
victoire ».

Ces territoriaux boches ont un fond de can-
deur comique. La discipline est à leurs yeux
un principe si sacré que l'idée ne leur vient
même pas qu'on puisse oser quelque chose qui
n'est pas permis. C'est ainsi qu'un jour, pour
gagner un pari, un de nos camarades marcha
sans hésiter vers la porte du camp, l'ouvrit au
nez de la sentinelle impassible, la referma

tranquillement, se joignit à une corvée qui
passait sur la route, et rentra au camp sans
que le soldat eût rien compris à cette innocente
et audacieuse plaisanterie...

Si les soldats sont assez bons garçons, les
sous-officiers sont quelquefois de tristes brutes.
Les coups de poing, les coups de pied ou de
poignée de sabre sont fréquents; mais on voit
qu'ils en ont l'habitude; et certains sont
brutes sans méchanceté. D'autres raffinent
davantage. Ainsi, l'un d'eux avait trouvé un
jeu qui le faisait rire aux larmes. Il allait à la
cuisine remplir de soupe une boîte en fer-blanc
qu'il posait devant la porte d'une baraque,
et il en invitait les habitants à la venir prendre.
Naturellement il se produisait des bousculades
éperdues; c'était à qui atteindrait la gamelle,
et le Boche, chaque fois que s'avançait une
tête ou une main, tapait dessus avec une
grande louche en fer, et se tordait.

D'ailleurs, quels que soient son grade et son
degré d'éducation, le Boche reste avant tout
Boche, c'est-à-dire un homme hypocrite et qui

ment. Être menteur n'est pas, en Allemagne,
un défaut. Pas plus que ce n'en est un de
manquer de tact. Ils ne savent pas. Le major
allemand de l'hôpital où j'étais infirmier vou-
lant nous faire, un jour, une amabilité, nous

apporta je ne sais quelle charcuterie. C'était
une aimable attention; ce qui l'était moins,
c'était d'avoir enveloppé cet aliment dans un
journal qui portait *en manchette* la nouvelle
d'une défaite française et le nombre des nôtres
faits prisonniers! Il fallait voir avec quel sourire il épiait l'effet qu'allait produire sur nous

cet étrange cadeau. Un livre a paru en Allemagne, intitulé : *Perfide Albion*, dans lequel
sont réunies les caricatures parues en France
au moment de Fachoda. Le premier soin d'un
officier que j'ai connu et qui cependant avait
de bons rapports avec nos majors, fut d'apporter ce livre, dès qu'il fut publié, au major
anglais de l'hôpital. Celui-ci haussa les épaules
et rendit le volume à son collègue allemand,
sans l'ouvrir.

Le commandant du camp voulut accorder
un jour une faveur à deux prisonniers qui lui
étaient recommandés. Il les fit venir dans son
bureau et leur remit à chacun un petit paquet.
Ils y trouvèrent des cigarettes, du chocolat et
des boîtes de sardines; le tout portait des
marques françaises et avait été « chipé » dans
les colis destinés aux prisonniers.

Car pendant assez longtemps on dévalisait
les colis venant de France. Il n'en est plus
ainsi, je me hâte de le dire, depuis le commen-
cement du printemps, tout au moins dans le
camp d'où je reviens. Et je crois bien que la

LES VOITURES DE COLIS.

consigne de respecter les colis est maintenant observée partout.

On remet au prisonnier le colis intact après l'avoir ouvert et fouillé devant lui; on n'en retire que les choses absolument avariées, notamment le pain moisi. Il a pu arriver, en ces derniers temps, qu'on ait ouvert des boîtes de conserves parce qu'on craignait qu'elles ne continssent des lettres et des journaux; mais ce n'était pas là une mesure générale, et la crainte de voir les Allemands s'approprier une partie des provisions envoyées au mari ou au fils prisonnier doit être tout à fait écartée.

Les colis sont amenés au camp dans trois grandes voitures, et la distribution dure toute la journée. Chers colis, que de malheureux vous aurez sauvés! La plupart des prisonniers font de ces provisions le fond de leur nourriture. Il faut donc envoyer du solide, et des biscuits, surtout des biscuits qui remplacent l'horrible pain KK. Si les conserves ne sont pas une nourriture recommandée par les hygiénistes, il est bien certain qu'elle est encore

7

préférable aux étranges denrées servies aux
prisonniers en Allemagne. Ce sont de délicieuses,
d'émouvantes minutes que celles où arrivent
au pauvre exilé ces paquets venus de si loin
et qui lui apportent un peu, un tout petit peu
de France. Et plus d'un parmi nous l'a connu,
ce petit serrement de gorge du gosse qui a envie
de pleurer. Mais les camarades sont là, autour
de vous, qui veulent voir... alors on n'ose pas
s'attendrir; et l'émoi se change en gaieté!
On examine le colis pièce par pièce, on discute
sur ce qu'on déballe, et il y a toujours des anec-
dotes à raconter. On dirait que ces papiers
d'emballage, ces petites boîtes, ces paquets
mystérieux ont apporté un peu de l'air du
pays, et qu'en aspirant cet air-là, on est rede-
venu bavard!

Et puis il y a les lettres. Il y a surtout les
lettres!

On les distribue tous les jours. Elles mettent
pour arriver des semaines, quelquefois des
mois. Mais comme on se hâte de les lire!

D'abord très vite et très mal. On veut savoir
les nouvelles de tout le monde, des amis partis
au feu, de ceux qui sont restés, des affections
et des soucis qu'on a laissés là-bas. On ne
trouve pas grand'chose de tout cela dans la
chère petite carte si lentement venue... Alors
on la relit plus lentement; et puis on la relit
encore. Et ce qu'elle ne dit pas, on le devine;
on la lit, cette carte, avec son cœur; on y
trouve tout ce que les yeux n'y peuvent voir, —
les yeux étrangers, les yeux ennemis qui se
sont posés sur ces chères lignes; on se blottit
dans la tendresse émue — angoissée! — d'une
femme, d'une fiancée, d'une maman. Cela fait
beaucoup de bien; et un peu de mal aussi.

... Et puis il y a les mandats. Ils arrivent
assez régulièrement, et leur distribution dépend
des ordres particuliers à chaque camp. On les
paie intégralement, ou bien on ne donne que
dix marks tous les dix jours; mais on finit
toujours par les payer. L'argent est moins
utile que les colis, mais rend cependant de

grands services. Dans presque tous les camps,
il y a une cantine où l'on trouve du tabac, et
souvent du jambon, de la saucisse, des harengs
saurs; mais, naturellement, jamais de pain.
On pourrait aussi, avec cet argent, se faire
acheter bien des choses en ville. Mais cela est
défendu, et l'on s'exposerait à être puni, car il
n'y a pas que la captivité : il y a aussi les
punitions possibles.

D'abord, le poteau, ensuite la prison et enfin
le conseil de guerre et la forteresse.

Le poteau est une manière de pilori. On vous
y attache, les pieds et les mains liés par des
cordes, pendant une, deux ou trois heures.
C'est la plus douce des punitions. La prison
est plus dure. On est enfermé dans un cachot,
avec pour lit une planche sans couverture
et pour nourriture un morceau de pain. Tous
les quatre jours on a une soupe et une paillasse
pour la nuit. Ce sont les arrêts simples; pour
les arrêts de rigueur on est, de plus, plongé
dans l'obscurité absolue. C'est un régime très
déprimant; on y reste huit, dix, quinze, vingt

jours et quelquefois des mois, quand on est
en prévention de conseil de guerre.

Fumer dans une baraque vaut huit jours de
prison; l'un de nous y resta trois
semaines pour avoir écrit à un
camarade, dans un petit billet,
que l'Allemagne était *kapout*.
S'évader sans effraction ni esca-
lade est un délit puni, pour la
première fois, de huit à quinze
jours de prison. S'il y a récidive,
la peine devient beaucoup plus
grave...

Quand on sort de prison, on
est souvent mûr pour l'hôpital.
L'hôpital du camp est installé
à l'une des extrémités de l'im-
mense réseau de fils de fer. Il se compose de
trois baraques en bois, d'un modèle un peu
différent des autres. C'est encore un hôpital
modèle pour Exposition universelle, mais,
malheureusement aussi, *made in Germany*.
Chacune des baraques a une salle de bains,

7.

d'innombrables fenêtres, des trappes d'aéra-
tion... Mais on voit le jour à travers les
planches; les malades ont bien un lit, mais
ils n'ont eu des draps que depuis le 15 mai,
et, comme nourriture, le même ordinaire que
les prisonniers du camp. Cet hiver, il a fait,
certaines nuits, si froid, que les médicaments
gelaient dans les flacons. Il vaut beaucoup
mieux ne pas être malade.

Le service sanitaire est assuré par des
médecins et des infirmiers français, sous le
contrôle d'un médecin allemand. Malheureusement les ressources sont médiocres; beaucoup de remèdes manquent; les Allemands
refusent à peu près toutes les améliora-
tions que demandent les médecins français;
ils se méfient. De qui et de quoi? De tout
le monde et de tout. Le médecin major
de 1re classe qui avait pris l'initiative de
demander en France des secours pour les
malheureux prisonniers, quand ils manquaient
de nourriture et de vêtements, fut puni de prison.
Mais, heureusement, son geste n'a pas été inu-

tile et, grâce à lui, les colis nous sont arrivés en
grand nombre.

A notre camp, il ne s'est produit aucune épidémie. Aussi la mortalité y fut-elle restreinte.
On a compté une centaine de décès en neuf
mois, pour une population de quinze mille prisonniers. Mais ce chiffre, je crois, ne peut servir
à établir une moyenne.

Un coin du cimetière de la ville est réservé
aux prisonniers. Les tombes y sont alignées
avec soin; une collecte faite au camp a permis
de réunir l'argent nécessaire à la construction
d'un monument. Il est à présent presque
achevé.

La stèle, vigoureusement taillée, se dresse
sur un socle poli, aux lignes calmes; hommage
douloureux de ceux qui espèrent à ceux qui ne
reviendront pas.

CONTRE LE « CAFARD »

Je ne sais pas s'il est possible de comprendre, quand on ne l'a pas ressenti, l'état d'âme du soldat qu'un hasard de guerre a amené et retient pendant des mois, à quinze cents kilomètres de son pays, devant le même horizon laid et ennuyeux, — entre quatre grillages. Il y a des moments où l'on se demande, très sérieusement, si l'on en sortira jamais. Tant de jours et tant de semaines se passent sans amener le moindre événement, qu'il semble que la vie soit arrêtée, et qu'on finit par s'abrutir littéralement, dans l'indifférence et le dégoût de tout. Cela, c'est le « cafard »; l'ennemi contre lequel le prisonnier doit s'efforcer **de**

lutter de toutes ses forces; un ennemi aussi
dur à vaincre que celui qui est là-bas, en face
des nôtres, sur le champ de bataille, parce que
c'est un ennemi sournois et patient, qui ne
laisse aucun répit et qu'on ne peut atteindre.
Pour en triompher, il faut beaucoup de courage,

et surtout la volonté de ne pas se laisser abattre,
de réagir contre la dangereuse torpeur; de
faire quelque chose, — n'importe quoi.

Il semble que ce soit cet instinct qui pousse
le malheureux exilé à reprendre, même dans
l'état extraordinaire où il se trouve, les habitudes (quand il le peut) de sa condition ordinaire. C'est ce qui fait le pittoresque d'un camp
de prisonniers.

Les goumiers arabes avec leurs haïks blancs
ou rouges, leurs grands burnous et leurs allures
hautaines de seigneurs moyenâgeux, y mettent
une note d'exotisme inattendue.
Ils étaient, avant qu'on eût réuni
tous les mulsulmans dans un même
camp, comme un vol d'oiseaux
des îles, éparpillés à travers l'Allemagne. Ce sont des hommes
magnifiques et extraordinaires.
Ils ont sur la guerre des idées
d'autrefois et ne comprennent
pas très bien comment il se fait
qu'ils sont là, captifs, comme des
animaux pris au piège. Il a fallu
tout leur fatalisme et l'absolue
certitude que cette aventure-là
était écrite aussi au livre de
leur destinée, pour la leur faire accepter.

Isolés, ils demeurent impénétrables et muets,
accroupis, roulés en boule dans leur burnous,
impassibles durant des journées entières, et ne
sortent de leur somnolence qu'aux heures des

8

prières qu'ils disent, comme là-bas avec de
grands saluts et de grandes prosternations,
tournés du côté de la Mecque. Mais quand ils

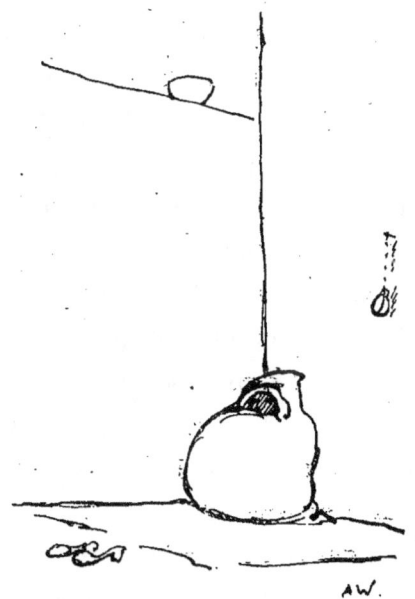

AW.

sont réunis, ils redeviennent des êtres vivants
et sociables. Les Allemands, tout d'abord, ont
pensé les avoir pour eux. Un Boche qui
parlait arabe leur expliqua que la guerre sainte
était déclarée, que les Allemands ne se mêlaient

jamais d'histoires de religion et que, s'ils
voulaient, on allait leur rendre leurs armes
et leurs chevaux. Ils iraient se battre sous
l'étendard du prophète, là-bas, en Turquie.
C'était habile, mais les Arabes refusèrent en
disant qu'avant tout ils étaient Français et
prétendaient le rester. Les Allemands ne se
tinrent pas pour battus et leur accordèrent
quelques faveurs, entre autres celle d'habiter
tous ensemble dans une même baraque.

Le logis offre un coup d'œil tout à fait fan-
tastique. On s'y croirait transporté au cœur
de l'Algérie. Les Arabes, accroupis ou assis
sur des couvertures, causent gravement et
fument des cigarettes. Aux murs sont pendus
dans un désordre chatoyant et multicolore,
des objets de toutes sortes et des vêtements
de toutes les couleurs. Tout comme au café
maure, ils passent leurs journées à rêver, à
chanter des prières, à raconter des histoires
interminables et merveilleuses.

Quelques-uns parlent français, il y en a même
qui ont fait leurs études au lycée et composent

des vers. Beaucoup d'entre eux sont très riches
et possèdent des moutons innombrables, des
chevaux magnifiques et des terres immenses

qui s'étendent à perte de vue.
On s'imagine sans peine le
chagrin qu'ils ont d'être là,
en cage, avec, pour toute
nourriture, ces soupes in-
fâmes dans lesquelles, toujours, il y a du cochon —
viande impure défendue par
le Prophète. Les plus fana-
tiques observent cette règle
à la lettre et ne mangent
que les jours où l'on donne
du poisson. Ils se contentent,
pour leur journée, du café
du matin avec un petit mor-
ceau de pain; mais la plupart refusent seulement la saucisse et le boudin.

Ils célèbrent les grandes fêtes prescrites par
leur religion. En novembre dernier, ils ont
réussi à donner à leur fête des Moutons une

LE CHANT DES RUSSES.

véritable solennité : ils ont passé toute la nuit
en prières, en récitant le Koran, et le matin,
selon la loi, ils ont distribué une partie de leur
bien aux pauvres, c'est-à-dire aux Russes,
qu'ils ont gorgés de pain, de confitures et de
saucisses achetées à la cantine. Il pleuvait et
c'était lamentable, cette fête qu'ils célébraient
d'ordinaire avec du soleil, sous le grand ciel
bleu d'Afrique. Un des goumiers m'avoua
avoir eu ce jour-là un tel cafard qu'il sortit de
la baraque pour pleurer, et voulut se tuer. Et
quelle désespérante sensation d'exil donnait,
dans le brouillard, dans le froid et la bise, cette
vision d'Arabe à tête de roi maure, pataugeant
dans la boue, éclaboussant ses culottes blanches,
ses bottes rouges et jusqu'à son haïk immaculé,
troussant tant bien que mal son manteau pour
se laver les mains dans sa gamelle, avant de
prier Allah sous le ciel lugubre d'Allemagne!

Le groupe russe présente un tout autre
aspect. Pauvres et chers camarades! Ils sont
ici les plus malheureux de tous. L'Allemand,

qui affecte de les mépriser, les brime et les maltraite à plaisir. Ils n'ont pas d'argent; et de là-bas — du lointain pays natal — on ne les ravitaille guère. En sorte qu'ils ont faim bien plus souvent que les autres, et que leur appétit a quelque chose de farouche!

Mais la triste impression que peut faire naître chez l'étranger la vue d'une telle misère ne dure pas quand on les connaît mieux. On s'aperçoit que ces miséreux ont des yeux très doux et très candides, que de bons sourires illuminent leurs faces, qu'ils sont volontiers aimables et serviables, et souvent d'une intelligence vive et ingénieuse. Est-ce leur faute, s'ils sont malheureux et s'ils ont faim? Ils ne reçoivent presque rien de chez eux, et pourtant, comme ils y pensent, à leur chez eux! Comme ils aiment à l'évoquer, à se retremper l'âme dans les souvenirs! Souvent ils se rassemblent pour chanter (certains d'entre eux ont des voix superbes) et exécutent avec beaucoup de sentiment des chœurs à plusieurs voix. Ce sont des airs populaires, tristes et

DANSE RUSSE.

doux, un peu sauvages, tout pleins d'une poignante mélancolie; quelquefois, au contraire, la chanson est alerte et joyeuse, il y a un couplet qu'un seul détaille et un refrain qu'on reprend en chœur. La chanson doit raconter une aven-

ture bouffonne; de plus en plus le rythme se précipite, les rires éclatent, les sourires s'élargissent. Il y a des coups de sifflet qui scandent et martellent le chant qui s'accélère toujours. Les mains frappent en cadence, les pieds battent la mesure, et puis, comme s'il n'y pouvait plus tenir, un des chanteurs sort du groupe, les poings sur les hanches, et commence à danser.

Un autre le suit. La danse devient une panto-
mime animée de contorsions extrêmement
comiques; et toujours ce chant, qui se précipite
jusqu'à ce qu'enfin les danseurs accroupis,
lançant leurs talons en avant dans un mouve-
ment frénétique, exécutent une « cosaque »
éperdue!

Mais c'est surtout à la fin de la journée que
l'âme de ces pauvres Russes se ressaisit tout
à fait, comme s'ils voulaient redevenir eux-
mêmes, un peu, avant de s'endormir, avant
de revoir dans leurs rêves leurs maisons, leurs
femmes et leurs enfants. C'est la prière du soir.
Il y a un récitant et des chœurs qu'on reprend.
Ils mettent toute leur âme dans cette prière
qui se chante tout bas. Quelquefois même,
plus bas encore et les portes bien closes, s'élève,
plus beau d'être défendu, le rythme large,
calme et puissant d'un chant qu'on ne veut
pas qu'ils chantent...

Les Russes sont d'une habileté très ingénieuse pour fabriquer des objets de toutes

sortes avec presque rien : bouts de planches, vieilles bôites en fer-blanc. Au moyen d'élémentaires couteaux qu'ils ont faits eux-mêmes en aiguisant un fragment de cercle de tonneau, ils taillent et sculptent avec un réel sentiment artistique. Ils font des croix en assemblant très curieusement d'innombrables petits morceaux de bois ; ils découpent en lames fines des planchettes pour imiter le plumage léger d'un paon, les  ailes étendues; ils sculptent un cosaque et son cheval, des petits bonshommes articulés, des boîtes à cigarettes, des aéroplanes. Ils ont perfectionné leur couteau, l'ont rendu pliant, ont ajouté au manche une fourchette. Ce sont les plus habiles parmi les petits fabricants.

9

Mais les Français travaillent aussi. Ils font des filets, des bagues avec des boutons de chasseurs à pied; des tailleurs confectionnent des calots, des chaussons avec des bandes coupées dans les pans de capotes; des musettes et des cravates avec des enveloppes de colis.

Dans un camp de prisonniers, les petits marchands sont les types les plus curieux.

On vend de tout à leur marché; et c'est la cohue la plus pittoresque qui soit. Ceux qui ont sur les bras une boîte de cigares avec une pile de boîtes d'allumettes, glapissent : « Deux cigares pour trois sous allemands! » D'autres s'adressent aux véritables fumeurs pour leur proposer du papier à cigarettes « coupé à la main ». Cette industrie est assez inattendue, mais elle répond à un besoin. En Allemagne, le papier à cigarettes est frappé de droits très élevés; il est donc très économique de le remplacer par un papier léger, découpé en petits carrés.

Les Russes sont innombrables à ce marché; ils vendent les objets qu'ils fabriquent. Un

LE MARCHÉ RUSSE.

zouave brandit une musette de toile blanche :
« Allons, pour 30 pfennigs, enlevez-la, c'est la
dernière! » Mais quand il l'a vendue, il en sort
une nouvelle de sa pèlerine.
On marchande, on discute,
on palabre, on fait mine de
s'en aller, on revient, le
marchand baisse son prix
d'un sou, parfois de deux.
Ce sont des discussions sans
fin. Un soldat allemand qui
passe, ou une corvée, fend
cette cohue qui se resserre
aussitôt. Quand on en est
sorti, il faut encore subir
l'assaut des bons camarades
russes qui, avec des mines

de camelots affables, vous proposent des icones
que le pope leur donna, des médailles pieuses,
des boutons d'uniformes; et puis voici, alignés
le long d'une baraque, les marchands qui
s'adressent aux gourmands. Tel de ces négo-
ciants propose à la convoitise publique une

9.

boîte de harengs marinés qu'il vient d'ouvrir, des cornets de sucre, un pot de confiture. D'autres trouvent des boniments : « Pour 25 pfennigs, affirme celui-ci, on a un repas com-

plet; à boire et à manger : une tartine de pâté et une bouteille de limonade! » Kadour, un gigantesque tirailleur algérien, balance au bout de son bras une petite marmite pleine de cacao bouillant qu'il vend dix pfennigs le verre; d'autres circulent avec des boîtes de *roll mops*, du sucre, des saucisses qu'ils ont achetées à la cantine et revendent avec un petit bénéfice. Ce bénéfice, il faut bien le dire, fut parfois excessif; et cela vient de ce que, dans les premiers temps, il était très difficile d'aller à la cantine. Plus tard, quand le service fut réglementé, et quand le prix des denrées fut affiché dans chaque baraque, le commerce des

revendeurs fut anéanti. Combien d'entre eux
y auront fait presque une fortune! Je veux
dire qu'ils y ont bien gagné une dizaine de
marks.

Un de ces commerçants malins imagina

d'organiser une loterie, avec une roue qu'il
fabriqua. On pouvait gagner pour cinq pfennigs
une bouteille de limonade qui en valait dix;
on s'arrachait les billets.

Un autre fit mieux. Il ouvrit un café! L'en-
seigne en est : *Aux Poilus alliés*. Tout l'hiver,
derrière un comptoir recouvert d'une plaque

de zinc, il vendit du thé, du cacao et du café;
l'été venu, il s'est installé sous une tente et
vend de la limonade. Son commerce est pros-
père; il a, pour ses clients, organisé un jeu de
passe-boule. Il fait bon chez lui, on boit frais,

on est installé bien à l'om-
bre. Un soldat, brocanteur
dans le civil, continue au
camp son commerce. Il achète
à Pierre pour revendre à
Paul. Il a obtenu de plus
l'adjudication de la vente de
la limonade pendant le concert.

Car il y a un concert dans
presque tous les camps de prisonniers, en
Allemagne. Le nôtre (si j'ose dire) est, à ce
point de vue, très mal partagé. Non pas que
les bonnes volontés et les initiatives fassent
défaut, mais il y a cette division par compagnies qui sépare les prisonniers par groupes
et gêne toute organisation. Le concert ne

peut alors être que local. Heureusement,
une troupe organisée nous est venue d'un
autre camp. Ils avaient peint des décors, ils
avaient des costumes; on chantait du Polin,
du Mayol *en jaquette* (on avait trouvé une

jaquette!); on jouait la comédie; il y avait
des professionnels et des amateurs très adroits.
Tout était installé comme dans un vrai théâtre;
le rideau était fait de couvertures, la scène,
de tables, et le contrôle, à l'entr'acte, distri-
buait des contremarques. Mais le public n'était
composé que des « habitués » d'une compagnie,

On donne aussi quelquefois des bals, et qui offrent un aspect bien particulier. L'orchestre est composé d'instruments fabriqués au camp,

avec des boîtes de fer blanc, des boîtes à cigares et des caisses à margarine. On obtient ainsi des tambours de basque, des violons et des violoncelles. Ces instruments, après avoir fait sauter les poilus sur des airs de café-concert, changent de répertoire le dimanche matin, et, à la chapelle, exécutent de la musique sacrée. On célèbre des messes chantées dans cette chapelle, installée dans une baraque vide mais aussi simple que les autres. L'autel, tendu d'andrinople, est souvent orné d'un bouquet de fleurs; le curé de la ville voisine prête une étole et un sur-

plis aux prêtres prisonniers qui disent la
messe. Je n'oublierai jamais la messe de Noël,
dite avant l'aube dans la nuit, au matin
froid, et l'affreux cafard qui
pesa tout ce jour-là sur le
camp. Il vient beaucoup de
monde à la messe. La sortie
de la chapelle est très mou-
vementée; on bavarde, on se
retrouve; les inévitables petits marchands font leur
trafic, c'est une occasion de
plus qu'on a d'oublier un peu
qu'on est si loin... de tout.

***

Malgré ces remèdes contre
le spleen, malgré ce pitto-
resque, ces gamineries, ces sourires parmi
tant de tristesses, quel affreux séjour qu'un
camp de prisonniers! Je le dis à tous mes
camarades qui se battent : tout vaut mieux

que d'être là, même la blessure grave. On a
ici l'impression d'être un déchu. On s'en veut.
On se méprise. On a honte d'être inactif, tandis
que là-bas d'autres « travaillent »; et puis il
y a la fatigue, l'épuisement, la tuberculose qui
vous guette, l'albumine qui frappe tant de
trop « mal nourris ».

C'est une grande infortune d'être prisonnier.

RÉPONSES

A QUELQUES QUESTIONS

RÉPONSES A QUELQUES QUESTIONS

Les prisonniers ont-ils de la vaisselle et où prennent-ils leurs repas?

Chaque prisonnier reçoit, en arrivant au camp, une cuillère et une sorte de gamelle en fer-blanc, ou plus souvent en émail. C'est une manière de petit saladier — ou un grand bol qui contient environ un litre.

Quand la soupe est arrivée dans les grandes marmites en fer et qu'on l'a distribuée, les prisonniers s'installent pour manger, assis sur leurs paillasses. Ils complètent les lamentables repas que j'ai décrits avec ce qu'ils ont

acheté à la cantine, ce que viennent leur proposer de petits marchands qui circulent de

baraques en baraques, et surtout avec ce
qu'on leur a envoyé de France. C'est alors
qu'on bénit les colis et ceux qui les envoient...

L'ENTRÉE DE LA CANTINE.

LA CANTINE

Ceux qui n'ont pas de provisions, mais un peu d'argent, peuvent-ils trouver de quoi se ravitailler à la cantine?

Tant bien que mal. On trouve, en somme, à la cantine, un peu de nourriture mangeable, encore que le choix n'en soit pas grand, car le commerce est surveillé très étroitement par le commandant du camp.

Il y a des choses que le cantinier peut vendre et d'autres qui lui sont défendues. A Merse-bourg, le prisonnier peut acheter du jambon (50 pfennigs les 100 grammes, ou 2 marks 50 la livre), de la saucisse un peu meilleur marché, du gruyère, du fromage de Hollande, du sucre

(20 pfennigs le petit paquet), de la margarine (65 pfennigs la ·demi-livre), des harengs
saurs (10 à 15 pfennigs pièce) et quelquefois
même, mais cela ne doit pas être réglementaire,
des œufs à 15 ou 20 pfennigs, des cerises
(20 pfennigs la demi-livre), de la salade (10 pfennigs). Comme boisson, il faut choisir entre la
limonade (10 pfennigs la bouteille d'un tiers
de litre), et la *Caramel Bier* à 15 pfennigs,
mélange noir et sans alcool qui rappelle un peu
le *stout* éventé. Pour fumer, il y a des cigarettes (10 pfennigs les 10), des cigares à 5 et
10 pfennigs, du tabac allemand, suisse et
même français! Par quel prodige ce tabac de
zone, vendu 40 pfennigs les 100 grammes, est-il
arrivé là?

On trouve aussi à la cantine — et c'est là
qu'apparaît le génie commercial du Boche — un
tas de choses d'utilité très secondaire, mais
qui sont là quand même, pour tenter l'acheteur.
Par exemple des brosses, de la ficelle pour faire
des filets, des espadrilles, des sacs de voyage,
des glaces et même des crayons de couleur;

LA CANTINE.

des petits carnets, du papier blanc, des rasoirs mécaniques et mille autres choses.

Dans cette petite cabane carrée qui sent bon l'épicerie, comme une vraie boutique, les « Croix-Rouge », les « sanitaires » seuls ont le droit de pénétrer. La foule des prisonniers reste à la porte et fait queue devant le guichet minuscule par où les objets lui sont passés.

C'est un bon métier que celui de cantinier; car on n'a pas, au camp, l'embarras du choix; et tout l'argent des mandats s'en va nécessairement à cette cantine. Il ne saurait aller ailleurs...

LES LETTRES

*Comment partent vos lettres? Et comment
arrivent les nôtres?*

Hélas! nous nous sommes nous-mêmes bien
souvent posé ces questions-là.

Il y a beaucoup de gens en France qui ont
passé leur hiver, leur printemps et leur été à
attendre des nouvelles de leur fils ou de leur
mari prisonnier en Allemagne. Quelquefois
une petite carte arrive qui calme leur fièvre
pour quelques jours; et puis on se remet à
attendre le facteur qui, hélas, apporte trop
rarement les quelques lignes timbrées du cachet
bleu de la *Prüfungsstelle*.

L'angoisse des nôtres était bien compréhen-
sible, mais il faut ne pas rendre responsable

de ces lenteurs le malheureux « poilu » enfermé dans ses fils de fer, et l'accuser de négligence. Combien en ai-je vu là-bas, de pauvres gas qui pleuraient devant ces lettres de reproches!

D'autant que c'est une des grandes angoisses du prisonnier lui-même, de ne jamais savoir si ses cartes arriveront et quand elles arriveront. Au camp où j'étais, le service postal fut très long à s'organiser et à fonctionner un peu régulièrement.

Les premiers jours, on n'avait fixé aucune règle; les prisonniers en abusèrent et il y eut encombrement. Du coup, on nous permit d'écrire *une* carte par mois. C'était en décembre; en février, on eut droit à deux cartes et enfin, à présent, on peut *en théorie* écrire quatre cartes et deux lettres par mois. On donne le droit de les écrire... quant à promettre qu'elles arriveront, c'est tout autre chose.

Chaque samedi, donc, on vend pour 1 pfennig une carte avec neuf lignes tracées, qu'il faut remplir en écrivant lisiblement, sans parler de la guerre et surtout sans se plaindre, car *en*

11

théorie toujours, le prisonnier n'a besoin de rien, nourri et vêtu qu'il est par la sollicitude de la plus grande Allemagne! Les cartes sont remises le lundi matin au *Feldwebel* qui les porte à la *Kommandantur*, d'où elles passent à la censure.

C'est une opération qui dure très long-temps; des jours, des semaines, parfois des mois. Une couche de poussière tombe lente-ment sur les cartes empilées; le censeur boche les prend les unes après les autres, et les lit ligne par ligne, mot par mot, s'arrêtant un quart d'heure à chercher dans un dictionnaire une expression qui lui paraît avoir un double sens ou un terme de patois qu'il ne connaît pas. Un coup de crayon barre les mots défendus; enfin, les cartes sont mises à la poste, en route pour la France.

Beaucoup de gens demandent s'il y a des camps où il est défendu d'écrire, et s'il faut conserver quelque espoir de revoir un pri-sonnier qui n'a pas écrit depuis l'automne dernier? Tout est possible; mais je n'ai vu

qu'une fois prendre la mesure extraréglemen-
taire — car la faute avait été déjà punie de
prison — de défendre à un prisonnier d'écrire
à sa famille.

D'autre part, il est tout une catégorie de prisonniers, dont on ne peut avoir de nouvelles en
France. Ce sont ceux qui sont restés en traite-
ment dans les hôpitaux de Belgique et surtout des
pays occupés. Ils restent parfois très longtemps
avant d'être évacués dans un camp en Allemagne, et pendant tout ce temps-là, il est impossible à leur famille de savoir ce qu'ils sont devenus...

C'est, je crois, un des seuls espoirs que
peuvent garder tant de pauvres parents, tant
de pauvres femmes qui attendent...

Les lettres qui arrivent subissent le même
examen que celles qui partent. On en pèse
chaque mot; et cela dure très longtemps, mais
ne sert pas à grand'chose, car les familles usent
souvent de conventions verbales, de combi-
naisons sournoises — que je n'indiquerai pas
— pour raconter mille choses... Le français est
une langue admirable!

Et pourtant le censeur que j'ai connu est un
Allemand qui possède à fond notre langue. Il
a de bonnes raisons de la con-
naître. Il était avant la mobilisation employé à Paris dans une
grande chemiserie voisine des
boulevards. Un jour que j'avais
affaire à lui, il me dit : « Je
suis très content de vous connaître, parce qu'après la guerre,
en sortant du magasin, je pour-
rai aller vous demander des
places de théâtre. Vous voulez
bien ? »

Et l'étonnement que cette
proposition me causa parut surprendre énor-
mément le chemisier censeur.

LE VOLEUR DE PAINS.

CONTRE L'INCENDIE

A Mersebourg, en dehors des travaux très durs, exécutés loin du camp, je n'ai assisté qu'à une seule manœuvre : la manœuvre de l'incendie.

Il est évident qu'un incendie, au camp, serait chose terrible. Toutes ces baraques en bois, couvertes de papier goudronné, chauffées, l'été, par le soleil toute la journée, avec, à l'intérieur, des paillasses bourrées de paille de bois... Tout cela flamberait comme une allumette. Aussi, a-t-on pris de rigoureuses précautions.

Dans chaque baraque sont de grandes cuves pleines d'eau pour un premier secours; de plus, deux équipes de pompiers sont constituées

l'une composée de soldats allemands, l'autre
de français qui s'exercent régulièrement et
vérifient le bon état des conduites d'eau.

Mais les prisonniers, que feraient-ils en cas
d'incendie?

Cela est prévu aussi, et une pancarte, dans
chaque baraque, explique ce qu'on aurait à
faire.

En cas d'incendie, une cloche placée près du
corps de garde sonnerait sans interruption tant
que durerait le sinistre. A ce signal, et en
criant : *Alarme! Alarme!* tous les prisonniers
doivent empoigner leur couverture et, sans se
préoccuper du reste, se précipiter... en rangs, à
la place où se fait le rassemblement quoti-
dien.

Ce spectacle m'a plus d'une fois amusé.
Dès que le sous-officier boche est entré en
hurlant son : *Alarme! Alarme!* c'est une bous-
culade éperdue. On sait très bien que c'est
« pour rire »; pêle-mêle, on sort en courant
et en criant, les gardiens se démènent pour
activer cette course folle; et puis on se range,

et chacun rentre tranquillement dans sa baraque.

Il y a eu des jours où l'on s'ennuyait telle-
ment, qu'on souhaitait d'entendre la cloche
sonner... pour de bon, histoire de voir *quelque
chose de nouveau.*

LA MESSE

Oui, j'ai déjà parlé de la chapelle. Elle est installée dans une baraque vide, toute semblable aux autres. Les murs sont nus; des poteaux, de distance en distance, soutiennent les poutres de la charpente apparente, et, tout au fond, l'autel est dressé. Il est très simple, fait d'une table et d'un rayon tendu d'andrinople. Dans une niche est un crucifix; de chaque côté, épinglés à l'étoffe, un *chromo* représentant la Vierge et le Christ. Les livres saints, deux cierges, c'est tout. Un banc posé en travers sert de jubé.

Mais dans la pénombre de la grande baraque, cette simplicité est singulièrement émouvante. Et parmi toutes les laideurs et les tristesses du camp, cet autel rouge qu'éclaire la petite

LA MESSE.

flamme clignotante des longs cierges de cire
paraît somptueux et magnifique. C'est la
porte du Paradis.

[Sans interruption, il y a des offices le dimanche matin, depuis sept heures jusqu'à
onze heures. A dix heures ou à dix heures et
demie, on célèbre la grand'messe. Ces offices
sont, dans leur simplicité, d'un pittoresque
touchant. Un prêtre prisonnier, revêtu d'un
surplis et d'une étole prêtés par le curé de la
ville, dit la messe, assisté d'un soldat en guise
d'enfant de chœur. Un autre, vêtu de blanc,
prononce une manière de petit sermon où il
parle de la patience, de la résignation qu'il
faut avoir, et donne du courage à ceux qui
s'attristent. Il y a toujours beaucoup de
monde à ces offices. On s'y entasse, debout les
uns contre les autres, le képi, la casquette ou
le chapeau à la main. Tous les uniformes sont
mêlés — poilus arrivés tout droit des tranchées
ou d'autres camps, en uniformes bleu pâle,
combattants du début en culottes rouges,
hussards, fantassins, chasseurs d'Afrique et

12

même quelques Russes catholiques, prosternés, la face dans leurs mains. Tous, de tout leur cœur, chantent des cantiques. Dans un coin, les violons soutiennent le chant, violons fabriqués au camp avec une merveilleuse ingéniosité, et qui accompagnent la belle voix d'un élève du Conservatoire entonnant avec une grande maîtrise l'*Ave Maria* de Gounod ou quelque *Pie Jesu.*

Quelques-unes de ces messes laissent un souvenir inoubliable. J'ai parlé de celle de Noël. Ce fut le moment le plus émouvant, je crois, de notre captivité.

On devait d'abord la célébrer à minuit, mais on se heurta à trop de difficultés, elle fut remise au 25 décembre, à six heures et demie du matin. Le soir du réveillon avait été lugubre. Quelques-uns parmi les prisonniers avaient essayé de festoyer quand même; ils avaient fait venir de la ville des victuailles, et certains même un peu de vin. Mais ils eurent beau faire, chaque convive de ce lamentable festin pensait à autre chose, à des choses qu'il ne

voulait pas dire pour ne pas attrister ses
voisins. On s'efforçait d'être joyeux... et, vers
onze heures et demie, quelqu'un dit tout à coup :
« Chut, écoutez! »

On sortit des baraques, tout était couvert
de neige; il faisait un froid sec, et dans le
silence, monta, grêle, tremblant et harmonieux,
le son des cloches. Il y avait une messe de
minuit dans une église, pas très loin; il y avait
des femmes, des enfants, des maisons bien
chauffées où l'on reviendrait en sortant de
l'église... Personne n'eut plus le courage de
cacher son chagrin; le cafard se mit à peser
si lourdement sur les cœurs que, très vite, on se
sépara pour aller se coucher.

Le lendemain matin, à la chapelle, ils étaient
tous là, et aussi ceux qui, n'ayant pas d'argent,
n'avaient pas mieux mangé ce soir-là que les
autres. Il faisait froid et humide, il faisait
encore nuit; dans la chapelle, seuls les cierges
brillaient, mais pas assez pour qu'on pût voir
le rouge de l'andrinople; et tout paraissait
noir : les groupes de prisonniers qu'on distin-

guait à peine, la silhouette du prêtre, aux gestes rituels.

Il y avait dans cette misère quelque chose de tragique; et comme il faisait nuit et qu'on ne pouvait les voir, beaucoup ne se cachaient pas pour pleurer; quand le moment de la prière fut venu, ce fut comme une houle, comme le bruit de la mer fait de centaines de voix chuchotées priant pour ceux qu'ils avaient laissés dans leurs maisons abandonnées, pour ceux qui se battaient là-bas. Le prêtre leva l'hostie, et dans un grand piétinement, un frottement de souliers ferrés et de sabots sur le sol, tout le monde tomba à genoux et pria, la tête dans les mains.

Dehors, le jour commençait à paraître et se traînait, sale et ennuyeux, le long des baraques grises.

Noël! Noël! Joyeux Noël!...

LE TRAVAIL

Dès que vint le printemps ce qu'on avait
craint tout l'hiver arriva, les Allemands firent
travailler leurs prisonniers. C'était d'ailleurs
leur droit. Cette nouvelle fut accueillie sans
enthousiasme, mais pourtant, à la première
levée qu'on fit, très nombreux furent les
volontaires; les Russes se firent inscrire les
premiers. A défaut d'autres avantages, du
moins avait-on l'espoir d'être un peu mieux
nourri et peut-être de manger à sa faim... Mais
il fallut bientôt déchanter et ce fut ensuite tout
une histoire pour trouver de nouveaux travailleurs, il n'y avait plus de volontaires, il
fallut prendre au hasard, sans choisir, en sui-

vant la liste par matricules. Ceux qui avaient
été blessés et ceux qui se faisaient porter
malades devaient passer une visite médicale.

Cette visite des médecins français était suivie
d'une contre visite par le major allemand, et
se faire exempter de travail était très difficile;
les majors français se trouvaient dans une situa-
tion assez gênante, partagés qu'ils étaient
entre l'obligation d'obéir aux ordres allemands
et le désir de contenter leurs compatriotes. Il
faut d'ailleurs reconnaître qu'ils faisaient toujours passer ce désir avant l'obligation, et
n'envoyaient travailler que lorsque vraiment
ils ne pouvaient pas faire autrement.

Une fois la liste établie, on n'entendait plus
parler de rien, et puis, un beau matin ou un
beau soir, l'ordre de partir arrivait. Il fallait
alors se hâter de boucler son sac, de dire adieu
à ses camarades et puis en route vers un nouvel
inconnu.

C'est un véritable événement que ces départs,
dans l'infinie monotonie du camp. Ceux qui
partent dépensent des prodiges d'ingéniosité

pour arriver à emporter toutes leurs affaires;
s'ils ont reçu quelques paquets, cela devient
très difficile; ils se sont fabriqué des sacs et des
musettes avec les enveloppes des colis, ils y
entassent tout ce qu'ils possèdent, et puis, avec
des ficelles, l'arriment tant bien que mal à leurs
épaules ou sur leur dos. Un boche les fait sortir,
les compte et les recompte, une liste à la main.
Ceux qui restent sont là aussi, ils serrent des
mains, donnent des adresses pour après la
guerre. On s'aperçoit tout d'un coup qu'un tas
de gens qu'on pensait vous être tout à fait
indifférents, ne le sont pas tant qu'on croyait.
On est tout ému en pensant que probablement
on ne les reverra plus jamais... et puis en route!
Les travailleurs se mettent en rang, escortés
de gardiens le fusil sur l'épaule; ils sortent
du chemin de ronde, les voilà devant le corps
de garde; la grande porte s'ouvre, les voilà
sur la route, ils agitent leurs casquettes, leurs
képis, leurs mouchoirs; leurs souliers font voler
de la poussière, de la vraie poussière des che-
mins... et puis ils tournent près du pont. On ne

les voit plus, c'est fini... On se regarde sans rien
dire, parce qu'on pense à trop de choses, il y a
un autre sentiment que la tristesse d'être séparé
des gens auxquels on était accoutumé... on les
a vu partir, on a vu s'ouvrir la porte de la cage...

Comme j'étais employé à l'hôpital, je ne
suis jamais parti au travail, encore que très
souvent ces équipes fussent accompagnées
d'un infirmier, mais j'ai vu ceux qui en revenaient. C'était dans ma salle qu'étaient soignés
la plupart de ceux qui, après quelque terrible
accident revenaient sur le petit brancard qui
était allé les chercher à la gare. Les pauvres
gars étaient dans un état lamentable. N'étant
pas préparés au travail qu'on leur commande,
ils n'y sont pas toujours très adroits du premier coup; de là viennent les accidents dont ils
sont victimes. C'est, par exemple, un épicier
auquel on fait décharger des wagons de lourdes
pièces d'acier et qui finalement s'en laisse
tomber une sur le pied, c'est un cultivateur
qu'on emploie dans une mine et qui disparaît
tout d'un coup dans un éboulement. Et puis,

LE CHANTIER.

une fois à l'hôpital, leur membre brisé dans une gouttière ou dans le plâtre, leur tête bandée, ils parlent, et décrivent la vie qu'ils ont menée avant de tomber et ce qu'ils racontent n'encourage pas ceux qui doivent partir.

Comme partout, comme toujours, il y a de bons endroits et de mauvais, de braves gens parmi ceux qui emploient les prisonniers et de lâches brutes. Il y a certaines choses dont à peu près tous les travailleurs se plaignent. Tout d'abord, l'insuffisance de nourriture; le régime, suffisant pour empêcher de mourir de faim un prisonnier inactif, est à peine augmenté alors que le malheureux est obligé de fournir dix ou douze heures d'un travail extrêmement pénible.

Ce refrain «nous n'avons pas assez à manger» revient dans tous les petits billets quelquefois si tristes qu'en fraude les travailleurs font passer à leurs camarades restés au camp.

L'ouvrier allemand, d'ailleurs, mange très peu, beaucoup moins que les nôtres et peut-être bien trouve-t-on là-bas que les prisonniers sont très bien nourris.

13

Les prisonniers qui travaillent n'ont pas plus de liberté qu'entre les grillages du camp. Ils vivent tout à fait dans leur chantier, et, le dimanche, s'ils ne travaillent pas, ils doivent restés enfermés dans la salle où ils couchent.

Un autre grief assez fréquent est le manque de moyen de se laver, après avoir travaillé toute la journée ou toute la nuit dans une mine de charbon ou une fabrique de briquettes. Ils doivent rester plusieurs jours, quelquefois même plusieurs semaines, noirs comme des nègres, couverts de poussière de houille qui colle à la peau.

Beaucoup plus heureux sont ceux qui travaillent en plein air dans les champs, dans les bois; j'en ai connu qui avaient été défricher un terrain pour en faire un champ d'aviation; ceux là ne se plaignaient pas de leur séjour loin du camp.

Les gardiens, les paysans ou les ouvriers auxquels on a à faire ont aussi une grande importance; quelquefois ce sont les sentinelles qui sont obligées d'arrêter les gestes de sympathie que provoquent les prisonniers français, quelquefois, au contraire, mais beaucoup plus rarement, elles doivent les défendre.

Il y a des chantiers où les prisonniers et les ouvriers allemands travaillent ensemble, et, naturellement, il se produit une sorte d'apaisement. Le soldat pourra se faire acheter de petites choses à manger et même à boire, et puis, il y a des contrées où les femmes, les enfants, ceux qui sont restés, voient sans animosité ces pauvres gens qui sont, eux aussi, des victimes de la guerre. On essaie de leur parler. On a même vu revenir à Merseburg, pour aller tout droit en prison, des prisonniers qui étaient en trop bons termes avec de sentimentales gretchen.

Ce qui est aussi très mal organisé, c'est le service de santé, dans ces chantiers et ces usines où travaillent quelquefois plusieurs centaines de prisonniers. Quelquefois, et alors c'est très acceptable, la visite est passée par le médecin civil du pays, assisté — et c'est encore mieux — d'infirmiers français ou allemands. Il y a même des chantiers où une véritable ambulance est organisée, mais le plus souvent il n'y a rien. C'est le sous-officier allemand qui passe la visite, et il faut voir comment! Les menaces  de punitions et parfois même les brutalités sont des remèdes aussi efficaces, au dire du soudard promu médecin, que le repos et les médicaments!

Et puis, il y a l'angoissante question des camps de représailles. Dans ces camps de travail l'existence doit être terrible. Voici simplement quelques lignes d'une lettre écrite par un sous-officier employé à dessécher des marais.

« Nous sommes toujours ici dans le camp de *représailles* où l'on n'est pas très bien, sous la tente, sur la paille. Un nuage constant de poussière dans la tente même et au dehors... nous sommes noirs comme des charbonniers et surtout en rentrant du travail... il passe de l'eau à travers la tente... nous avons ici plus

APRÈS L'ACCIDENT DE TRAVAIL.

de latitude d'écrire pour dire que nous sommes mal et le répandre de plus en plus. »

Ces prisonniers-là peuvent écrire ce qu'ils endurent... et eux seulement... le Boche reparaît encore dans toute sa beauté!

Puisque tous les prisonniers doivent travailler en Allemagne, les plus favorisés sont certainement ceux qui ont trouvé un emploi au camp. Ces emplois sont assez nombreux. Il y a les cuisiniers, qui sont presque tous des Français, sous les ordres d'un chef allemand; ceux-là travaillent dûr, mais comme il y a  toujours dans une cuisine du « rabiot », ils peuvent, sans léser leurs camarades, attraper au passage quelques bons morceaux et manger à leur faim. Il y a les tailleurs aussi, qui ont l'avantage d'avoir à leur disposition un petit réchaud pour chauffer leurs fers et subsidiairement de quoi améliorer leur ordinaire. Il y a les préposés aux douches, aux lavoirs,

qui peuvent avoir de l'eau bouillante quand
ils veulent et s'arrangent avec les petits marchands de thé et de cacao. Il y a ceux qui
s'occupent des becs de gaz, de l'électricité, il
y a enfin les scribes qui sont très nombreux.
Chaque compagnie a ses fourriers français sous
les ordres du feldwebel allemand, et à la com-
mandantur chaque service emploie des prisonniers. On ne leur laisse naturellement pas faire
de travail compromettant. Ils classent les lettres
à envoyer ou à distribuer, inscrivent les mandats qui arrivent, comptent les paquets que
d'autres vont chercher à la gare, en corvées
régulières conduites par des sentinelles.

Pour ceux là, surtout s'ils parlent un peu allemand, la captivité est bien moins rude. Ils ne
sont plus dans le rang, ils sont mieux traités,
et puis ils ont quelque chose à quoi s'occuper.

LA QUESTION DE L'EAU

Quand on a su que dans plusieurs camps de prisonniers en Allemagne avaient éclaté des épidémies de typhus et de fièvre typhoïde, que dans certains de ces camps on avait enregistré de 6.000 à 12.000 cas et 2.000 à 3.000 décès, on se demanda anxieusement comment était organisé le service de l'eau, si elle était assez abondante et assez saine.

A Merseburg, où d'ailleurs il n'y eut pas d'épidémie, ce service fonctionna régulièrement. Il fut peut-être long à organiser, mais il faut reconnaître qu'il était très bien compris quand j'ai quitté le camp. Chaque prisonnier pouvait prendre une douche par semaine; les appareils.

avec de l'eau chaude et de l'eau froide fonc-
tionnaient très régulièrement, chaque compagnie avait son jour. De plus, pour se laver,
le matin, il y a des cuvettes et des brocs, sans
compter les fontaines qui coulent devant les
baraques. Avant que ces douches ne soient
installées, se laver à fond était assez difficile
et je n'oublierai jamais le comique que présentait
un malheureux faisant des efforts surhumains
pour prendre un tub dans un récipient bien
trop petit!

Dans certains camps l'administration s'oc-
cupe du blanchissage, dans d'autres le prisonnier doit s'arranger comme il peut. Là où
j'étais, on dut tout l'hiver laver son linge tant
bien que mal dans la fontaine, quand l'eau
n'était pas gelée, ou dans une cuvette quand
on en trouvait une de libre, mais enfin, vers la
fin d'avril, les lavoirs perfectionnés furent
achevés, avec de l'eau chaude et de l'eau froide.
Ce fut parfait. Il y eut même une machine à
désinfecter pour combattre victorieusement la
vermine.

L'eau qui coule en abondance est bonne à boire; c'est la boisson du prisonnier à moins qu'il ne préfère, s'il en a les moyens, acheter de la limonade et du caramel bier qu'il trouve à la cantine ou que viennent lui proposer à domicile les petits marchands qui, pour leur peine, majorent un peu les prix. Il y a aussi les marchands de café qui passent après chaque repas, et dans l'après-midi, les marchands de thé.

Mais c'est tout ce que le prisonnier peut boire, et bien souvent il pense avec amertume qu'il est malheureux de rester si longtemps dans un pays réputé pour sa bière sans jamais y avoir pu goûter.

LA MACHINE A DÉSINFECTER.

14

LES NOUVELLES

C'est tout à fait impossible de rester ainsi
des mois et des mois sans nouvelles, aussi quand
on n'en connaît pas on en invente ou plutôt
elles s'inventent elles-mêmes, on ne sait jamais
comment. Une fois lancé, le « canard » suit
son chemin, va en s'amplifiant, prend des
proportions énormes. Chacun renchérit, connaît bientôt l'événement dans ses moindres
détails, et ces détails sont d'une précision
remarquable. C'est ainsi qu'en novembre, on
apprit la prise de Metz par les Français, c'était
un officier allemand qui l'avait avoué lui-
même. On savait même que le soir de leur
entrée triomphale nos officiers avaient donné

14.

un grand banquet. Quelque temps après,
c'était un vieux sergent-major qui, les yeux
hors de la tête, entra dans sa baraque en
criant : « Bravo les amis, les Alliés bombardent
Aix-la-Chapelle! » Il le croyait, on le croyait,
tout le monde se félicitait. Des Anglais faits
prisonniers en décembre racontèrent — mais,
peut-être, ne les comprenait-on pas très bien —
qu'ils avaient vu, de leurs yeux vu, des chasseurs
à cheval entourer l'automobile du kronprinz et
le faire prisonnier. Quant à la prise de Lille,
elle avait lieu au moins une fois par mois. Ces
nouvelles étaient toujours de bonnes nouvelles
et même quand elles semblaient *a priori* im-
probables, cela faisait toujours plaisir de les
entendre colporter.

A côté de cette information tout à fait fan-
taisiste, il y en avait une autre plus sérieuse.
Certains journaux allemands sont tolérés au
camp, et chaque jour un interprète traduit
les communiqués, non seulement ceux du
quartier général de Berlin, mais encore ceux
de Paris et de Petrograd, car les Boches publient

aussi les communiqués des Alliés. A première
vue, cela semble admirable, mais cela n'est pas
si loyal qu'on le peut penser, car sitôt que
ces notes officielles ne sont plus en leur faveur,
les Allemands impriment gravement « que le
communiqué français contient de si grossiers
mensonges qu'il est impossible de le publier ».
C'est ainsi qu'ils ne soufflèrent mot de la
bataille de la Marne et que les prisonniers du
mois d'août apprirent par ceux d'octobre la
bonne nouvelle.

Les Allemands songèrent à tirer parti de ce
besoin de savoir, de cette soif de nouvelles. Ils
ont fondé trois journaux qu'ils distribuent à
leurs prisonniers, le *Bruxellois* pour les Belges,
le *Journal des Ardennes* pour les Français et
le *Continental Times* pour les Anglais et les
Russes. Ce sont trois prodigieux monuments
de la mauvaise foi allemande. Il n'est pas possible de dépasser l'audace et l'impudence des
mensonges qu'on peut y lire. Tout est déformé,
transfiguré. Par des moyens sournois, lâches
et bas, on sent l'intention bien marquée de

faire entrer le doute dans la tête et le cœur des
malheureux exilés si loin de tout. Tous les
moyens sont bons, lettres ouvertes soi-disant
de prisonniers français adressées en France,
extraits de journaux de Paris truqués et dont
le sens a été faussé; les rédacteurs de ces
singuliers journaux ne reculent devant rien et
chaque semaine ces feuilles imprimées s'envo-
lent à travers l'Allemagne pour s'efforcer d'y
semer la désolation et le découragement.

Mais les Allemands doivent bien s'apercevoir que là aussi ils ont manqué leur coup. Les
Français s'amusent de ces journaux comme ils
le feraient de journaux humoristiques, les
Anglais restent impassibles, seuls les Russes
se laisseraient peut-être toucher si on ne leur
montrait pas la main allemande qui assembla
les caractères russes qu'ils lisent.

Une autre façon qu'ont les Boches d'annoncer
aux prisonniers les mauvaises nouvelles est
plus douloureuse. A chaque succès qu'ils rem-
portent, ils pavoisent. De grands mâts sont

dressés à la porte du camp et soudain on voit
monter le long de la hampe, les trois couleurs
allemandes... pendant toute la journée les
oriflammes flottent au vent et les sentinelles
narquoises les font admirer au prisonnier qui
sent le cafard sour-
noisement le péné-
trer.

Heureusement,
pour se remettre, il y
a des journaux fran-
çais qui arrivent tou-
jours à pénétrer dans
les camps, malgré
toutes les précau-
tions que prennent
les Boches. On les lit pieusement, on s'en passe
les morceaux, ils circulent, ils vont, chacun
essaie d'y voir le plus de choses possible... et
puis, ce qui fait du bien aussi, ce sont les
optimistes convaincus qui ne se laissent jamais
abattre. Je garderai toujours un excellent souvenir de ce grand diable maigre et sec comme

un coup de trique et la barbe en avant, qui
déambulait d'un bout du camp à l'autre,
passant partout malgré tous les ordres et
répétant toujours : « Ça va bien, ça va bien,
ils avouent eux-mêmes dans leurs journaux
qu'ils sont foutus », et, même quand cela
n'allait pas du tout, le grand diable barbu
continuait de courir à travers nos baraques,
joyeux, plein d'une foi d'apôtre : « Ça va
bien... ça va bien... » La bataille a ses héros
qu'on connaît; l'exil a quelquefois les siens
aussi qu'on ne connaîtra pas.

LE THÉATRE

Une affiche illustrée posée sur la baraque
annonce le spectacle avec le titre des chansons et le nom de ceux qui les chantent; il
y aura aussi une pièce avec des costumes et
des décors... Entrons.

A la porte le contrôle est installé, derrière
une table; la place coûte 10 pfennigs. Comme
je tends mes deux sous, le « directeur » se
précipite : «Oh! pas les journalistes!... ce serait
bien la première fois que vous paieriez votre
place au théâtre! » et il m'emmène avec lui
visiter les coulisses. Les dessous du théâtre
sont admirables d'ingéniosité, la scène est faite
de tables placées les unes à côté des autres;

15

les portants, de couvertures tendues aux
poutres de la charpente, comme aussi le rideau
qui glisse sur une corde. Il y a des décors
peints sur de grandes feuilles de papier collées

ensemble, et mon guide explique. Dans le
camp d'où ils viennent, le capitaine s'inté-
ressait beaucoup à ces manifestations artis-
tiques et les encourageait. Ils avaient alors
eu l'ambition de jouer *le Bossu* mais un Bossu
plus beau encore que le vrai et *en vers*. C'est

pour cette représentation qu'ils avaient peint
les décors. Il y en a quatre, une terrasse qui
donne sur des jardins, une salle de palais, un
intérieur de chaumière et même le bord d'un
fleuve, avec, sur l'autre rive, toute une ville
s'étageant avec ses églises et ses monuments.
Il me montre aussi de grands
paniers pleins de costumes, un
acteur se grime devant une glace,
on s'y croirait...

Le spectacle va commencer, la
salle est pleine, les spectateurs
installés sur des bancs sont im-
patients de voir le rideau s'ouvrir.
Il y a un écriteau : « Défense de
fumer », mais tout le monde fume.

Le marchand de limonade cir-
cule en criant : « Limonade à la glace, qui veut
boire! » Il fait très chaud, il y a de bonnes faces
rouges toutes ruisselantes de sueur qui, tout à
l'heure, s'esclafferont d'un bon rire quand les
pitreries commenceront. Enfin... Le régisseur
sort des coulisses le programme à la main

et annonce : M. X... dans *Rébecca*. C'est un
grand diable qui détaille assez finement la
chanson; tout le monde rit, on crie *bis*, il
chante autre chose. Un ténor aux cheveux
frisés vient roucouler une romance, et puis

se contorsionne dans une
tyrolienne avec des *la,
la, la, i, tou* qui ne veulent pas sortir. Les chanteurs se succèdent sans
interruption. On annonce
M. R..., du concert Mayol,
dans son répertoire. Ce-
lui-là, est en civil, en
jaquette avec une fleur
à la boutonnière; il fait
des gestes et des mimes, il se trémousse tout
comme son patron. Les chansons qu'il chante
sont bien de Paris, histoires de trottins.
Maintenant c'est un imitateur de Polin, le
pas lourd et le mouchoir à la main, et puis :
« Notre camarade B..., dans ses chansons de
Montéhus. » C'est un garçon court sur pattes,

avec des mèches jaunes, sa voix est dure,
âpre, violente, il chante du Montéhus, et
puis, avec son accent de Ménilmontant, il an-

nonce : « Je vais vous dire quelque chose, de ma
composition, que j'ai fait sur les Boches, dans
les tranchées de l'Argonne; si vous voyez
arriver les escargots de sable, prévenez-moi. »
Il commence, mais comme il arrive à la fin du

premier couplet, on voit les gens près des
fenêtres tourner la tête, la porte s'ouvre
lentement, un Boche gigantesque entre sans
rien dire. Le chanteur décontenancé s'arrête,
on lui crie : « Continue, continue, chante autre
chose. » Enfin, il s'est remis, il entonne un
refrain, le Boche regarde, hume l'air pour sentir
si l'on fume, ne voit rien et s'en va.

Maintenant, c'est l'entr'acte. On va dehors
prendre un peu l'air. A la porte, le contrôle
distribue des contremarques; le marchand de
limonade fait des affaires, comme aussi celui
qui tient le commerce de cigarettes et de
cigares. Les spectateurs causent par petits
groupes, ou bien, comme c'est dimanche, regardent de l'autre côté des fils de fer, les
Boches et les Bochesses en habits de fête. La
deuxième partie du spectacle est composée
d'une comédie, les acteurs en sont aussi les
auteurs. C'est alors qu'on sort les costumes
et les décors et qu'on rit le plus fort; quelquefois, il y a des acrobates, une séance de boxe
ou de lutte, une partie musicale par un orchestre

improvisé. Chaque camp a son théâtre. C'est
une heure passée à rire, malgré tout, malgré soi,
mais d'un rire qui tout de même sonne un peu
faux, et laisse un peu le souvenir de quelque
chose de pas très digne, de pas très beau.

COMMENT ON EN REVIENT

Le service de santé prisonnier en Allemagne fut toujours comme le fusil de ce fameux maître Gervais dont parle Alphonse Daudet. Ce fusil qu'on chargeait toujours et qui ne partait jamais « *toujou lou cargou, part jamaï* ».

Dès le premier jour de notre captivité, les Allemands nous dirent que ce n'était que pour quelques jours que nous étions là, et puis les semaines et les mois défilèrent, monotones et toujours semblables, mais chaque fois qu'on désespérait de partir, qu'on arrivait forcément à en prendre son parti, un événement venait ranimer les confiances, la porte s'entrouvrait, on espérait, et crac... elle se refermait bien vite et pour plusieurs mois.

Il y eut en novembre un départ de sanitaires; douze infirmiers choisis par le sort s'en allèrent du camp où j'étais; les autres devaient suivre, mais on n'entendit plus parler de rien. Le bruit courait aussi que les enfants et les vieillards — il y en avait de 82 ans — allaient s'en aller. On en dressait la liste à peu près toutes les semaines, on l'envoyait à Berlin, elle ne revenait pas, on la recommençait, et puis un matin, — c'était un dimanche — les sous-officiers allemands se répandirent dans les compagnies un papier à la main, firent sortir ces gosses et ces vieux, les réunirent en troupeaux, les fouillèrent des pieds à la tête, et puis, en route! Un train chauffait, il les emporta.

Il y eut ensuite un départ de blessés, puis un autre, et encore un autre, mais on ne savait pas très bien si c'était pour aller en France ou bien dans un autre camp; on fit partir une partie des prisonniers, on en ramena d'autres, mais le

service sanitaire était toujours là à attendre.
L'hiver était passé, le printemps finissait, on
ne pensait plus à ce départ que comme à une
chose magnifique et lointaine, quand, tout à
coup, le 16 mai une dépêche arriva. Il fallait
que quatre médecins et douze infirmiers fussent

LA BARAQUE DES MÉDECINS FRANÇAIS.

prêts à partir d'une heure à l'autre. On tira au
sort, il y eut des pleurs et des grincements de
dents; enfin la liste fut établie et on attendit,
les sacs montés, les valises prêtes, on attendit
deux mois. Mais, en manière de plaisanterie,
sans doute, le général s'amusa, huit jours après,
à désigner comme partant, les quatre majors
qui devaient rester, et *vice versa;* en somme
personne ne partait, et puis, enfin, l'ordre arriva

16

de renvoyer le service sanitaire au complet,
sauf quelques malheureux qui restèrent.

C'était une chose si belle qu'on ne pouvait
pas y croire, on pensait vivre dans un rêve;
cependant, un matin, de bonne heure, on se
leva, on fouilla nos bagages, on nous mena à
la gare, on nous entassa dans des wagons, et
le voyage — le beau voyage — commença.

Quand le train s'arrêtait, on descendait sur
le quai, il y avait des civils, des femmes, des
enfants, on les voyait de tout près, sans fils de
fer pour nous séparer; à un arrêt il y avait de
l'herbe, on put s'y étendre — de l'herbe avec
quelques fleurs sauvages.

Le paysage se faisait plus dur, plus âpre, des
roches noires, de l'ardoise couvrant les toits
des maisons et les murs. Ce sont les monts de
Thuringe. Aux gares, des nuées de gosses,
pieds nus, jambes nues, des grandes filles, des
garçons qui nous montrent le poing, mais
comme on s'en moque! ils peuvent bien faire
tout ce qu'ils veulent, à présent.

Bamberg, avec ses églises à coupoles sur des

collines, Furth, Nuremberg dont nous ne
pouvons distinguer le pittoresque parce qu'il
fait déjà trop nuit. Les heures passent dans
l'obscurité, on est trop mal pour dormir, mais
tant pis, on est trop content pour s'en plaindre,
et puis, au matin, c'est la cathédrale d'Ulm
qui dresse sa flèche dans le ciel clair, entourée
de vieilles petites maisons gothiques qui se
bousculent autour d'elle et descendent jusqu'au
Danube. La cathédrale est bien ici entourée de
ces maisons, comme une poule veillant sur ses
poussins.

Et voilà qu'apparaît le lac de Constance.
Nous approchons. La sentinelle qui est dans
notre wagon, est un brave homme, il veut nous
montrer qu'il n'y a pas en Bochie que des gens
méprisables, et comme on entre en gare, il
nous dit adieu très aimablement en nous souhai-
tant bonne santé pour nous et pour ceux qui
sont restés dans nos maisons et puis, vite, il
s'en va rejoindre ses camarades qui défilent sur
le quai de leur lourd pas germanique. Les voir
s'en aller fait du bien, on est déjà un peu moins

prisonnier. A Constance, on se sent vraiment
à la frontière, mais ce n'est pas fini. Nous
passons deux jours dans une caserne allemande.
Dans la cour, de jeunes recrues font l'exercice,
on les initie au mystère du pas de parade. Nous
sentons qu'on s'efforce de nous bien soigner;
après chaque repas, très copieux, la canti-
nière vient nous apporter de la bière et le jour
du départ, un vieux capitaine passe dans
toutes les chambres pour demander : « Si personne n'a de réclamation à faire sur le traite-
ment des deux derniers jours. » Les deux derniers jours! tout l'esprit boche est là!

A la gare, nouvelle fouille, et puis les sentinelles à casque à pointe s'en vont, et un officier
suisse traverse les wagons en disant *en français* : « Asseyez-vous, Messieurs, pour le contrôle ». On nous a appelés : « Messieurs... » Le
train se met en marche, et sitôt sortis de la
ville, quelque chose de fou, d'impossible, nous
précipite aux fenêtres. Des gens le long de la
voie sont massés, ils crient : « Vive la France! »
et brandissent des drapeaux tricolores. Nous

agitons nos képis, nos mouchoirs, nous chantons *la Marseillaise*. Cette fois, nous sommes en Suisse, nous sommes libres! très peu parmi nous ne pleurent pas; et toujours ces drapeaux tricolores, ces cris, ces acclamations. Le soldat suisse qui est monté dans notre wagon ne sait pas un mot de français, c'est en allemand qu'il nous dit qu'il veut nous donner quelque chose, et de son manteau il sort un sac de papier plein de petits pains frais et blancs, le premier morceau de pain blanc que nous mangeons depuis neuf mois!

Toute la nuit ce fut le même enthousiasme. A Zurich un banquet est préparé; à Lausanne, à Fribourg, à Genève, partout, malgré l'heure matinale, des gens sont là avec des présents, des fleurs, du chocolat, des cigares, des petits billets qu'on lance dans les wagons, des poignées de mains.

Il fait jour quand on entre en France — la douce France. — Un vieux territorial tout blanc présente les armes, et à la gare, sur le quai, c'est une fanfare qui joue : *Aux Champs*.

16.

C'est une compagnie qui rend les honneurs,
c'est un général qui nous souhaite la bienvenue.
C'est là un moment inoubliable! Ces petits
soldats en tenue bleu-ciel, une tenue que nous
n'avions jamais vue, ces clairons qui sonnent,
ces tambours qui battent, et cette joie éperdue
qui frissonne, qui nous fait crier et courir avec
des gestes de fous; on touche les capotes, les
sacs, les fusils, on s'embrasse, des tables sont
dressées, des bouchons de champagne sautent,
et c'est ainsi jusqu'à Lyon.

Mais on nous a demandé de ne pas manifester
notre joie trop bruyamment, de modérer notre
frénésie, et c'est dans un silence bien plus
émouvant que n'importe quel chant que le
train entre dans l'immense gare. Des sonneries
de clairons déchirent l'air, et, descendus sur
le quai à côté des nouvelles classes si jeunes,
si alertes, bien prises dans leur uniforme neuf,
il semble, avec nos vieux habits, nos pantalons
rouges, les dolmans bleus des hussards, les
bérets des alpins, tout cela en loques, sale et
déchiqueté, il semble que nous sommes des

troupiers d'un autre âge, que nous venons
d'une autre guerre. Les cuirassiers nous es-
cortent, les trompettes sonnent éperdument et
nous sommes contents, contents comme on
ne peut imaginer l'être. Il semble que tout un
horizon de bonheur s'est ouvert devant nous.
Nous allons revoir nos maisons, nos parents, nos
amis, nous ne sommes plus prisonniers, nous
sommes de nouveau des soldats.

TABLE DES MATIÈRES

B — 9894. — Libr.-Impr. réunies, 7, rue St-Benoît, Paris.

EUGÈNE FASQUELLE, Éditeur

11, rue de Grenelle, Paris

EXTRAIT DU CATALOGUE

DE LA

BIBLIOTHÈQUE-CHARPENTIER

à **3 fr. 50** le volume.

~~~~~~~

DUBOIS-CRANCÉ

Analyse de la Révolution française, de l'ou-
verture des États-Généraux au 6 brumaire an IV. 1 vol.

DUBOST (Antonin)

Danton et la Politique contemporaine..... 1 vol.

DUQUET (Alfred)

La Guerre d'Italie (1859), 8 cartes.......... 1 vol.
Frœschwiller (1er juin-6 août 1870), 3 cartes.... 1 vol.
Chalons et Beaumont, 3 cartes............. 1 vol.
Metz. — Les Grandes Batailles, 5 cartes
(4e mille). Couronné par l'Académie française.... 1 vol.
— Les derniers jours de l'armée du Rhin,
2 cartes (3e mille). Couronné par l'Académie fran-
çaise.................................... 1 vol.
Paris. — Le Quatre Septembre et Chatil-
lon, 4 cartes (4e mille)...................... 1 vol.
- Chevilly et Bagneux, 2 cartes (3e mille).... 1 vol.
- La Malmaison, le Bourget et le 31 oc-
tobre, 2 cartes, plan et un fac-similé........ 1 vol.
— Thiers, le Plan Trochu et l'Hay, 1 carte.. 1 vol.
— Les Batailles de la Marne, 5 croquis,
1 carte.................................. 1 vol.
— Second échec du Bourget et perte
d'Avron, 3 cartes........................ 1 vol.
— Le Bombardement et Buzenval, 2 cartes. 1 vol.
— La Capitulation........................ 1 vol.

DURET (Théodore)

Essais de critique sur l'histoire militaire
des Gaulois et des Français............... 1 vol.
Histoire de France (1870-1873)........... 2 vol.
Les Napoléons (Réalité et imagination)........ 1 vol.
Vue sur l'Histoire de la France moderne.. 1 vol.

DUTEMPLE
En Turquie d'Asie. Avec 6 dessins de A. Brun. 1 vol.

ERNOUF (Baron)
Souvenirs d'un officier polonais.......... 1 vol.
Du Weser au Zambèze.................... 1 vol.

FAURE (Gabriel)
Heures d'Italie :

1re Série: **Lombardie, Vénétie, Marches, Ombrie** (4e mille)............................ 1 vol

2e Série : **Cadore, Vénétie, Romagne, Émilie** (4e mille)............................... 1 vol.

3e Série : **Piémont, Lombardie, Vénétie, Frioul** (3e mille)......................... 1 vol.

FIEL (Marthe)
Sur le sol d'Alsace (3e mille).............. 1 vol.

GALLI
L'armée française en Égypte (1798-1801)... 1 vol.

GAUTIER (Théophile)
Tableaux de siège. Paris, 1870-1871.......... 1 vol.

HURET (Jules)
En Allemagne : Rhin et Westphalie (30e mille)................................ 1 vol.

— **De Hambourg aux Marches de Pologne** (22e mille)................................ 1 vol.

— **Berlin** (30e mille)........................ 1 vol.

— **La Bavière et la Saxe** (20e mille)......... 1 vol.

IUNG (Général Th.)

Bonaparte et son temps (4ᵉ mille) . . . .   3 vol.
L'Armée et la Révolution. Dubois-Crancé,
   mousquetaire, constituant, conventionnel, etc.
   (1747-1814) . . . .   2 vol.
Stratégie, tactique et politique (3ᵉ mille) . . . .   1 vol.
La République et l'Armée . . . .   1 vol.

JURIEN DE LA GRAVIÈRE

Guerres maritimes, sous la République et
   l'Empire, avec les plans des batailles navales du
   cap Saint-Vincent, d'Aboukir, de Copenhague, de
   Trafalgar et une carte du Sund . . . .   2 vol.

LANFREY (P.)

Histoire de Napoléon Iᵉʳ . . . .   5 vol.
Essai sur la Révolution française . . . .   1 vol.

LAVALLÉE (Théophile)

Histoire des Français, depuis le temps des
   Gaulois jusqu'à nos jours (nouvelle édition), déve-
   loppée de 1814 à 1848 et continuée sur le même
   plan, jusqu'en 1900, par M. Frédéric Lock et par
   M. Maurice Dreyfous . . . .   7 vol.
      Tome I : *Les Gaulois, les Francs, les Fran-
   çais jusqu'en* 1328.
      Tome II : *Les Valois* (1328-1589).
      Tome III : *Les Bourbons* (1589-1789).
      Tome IV : *Révolution, Empire* (1789-1814).
      Tome V : *Restauration, Monarchie constitu-
   tionnelle* (1814-1848).
      Tome VI : *Deuxième République, Second Em-
   pire, Troisième République* (1848-1876)
      Tome VII : *Troisième République* (1876-1900).

DUTEMPLE

En Turquie d'Asie. Avec 6 dessins de A. BRUN. 1 vol.

ERNOUF (BARON)

Souvenirs d'un officier polonais.......... 1 vol.
Du Weser au Zambèze.................... 1 vol.

FAURE (GABRIEL)

Heures d'Italie :

1ʳᵉ Série : **Lombardie, Vénétie, Marches, Ombrie** (4ᵉ mille).......................... 1 vol
2ᵉ Série : **Cadore, Vénétie, Romagne, Émilie**
(4ᵉ mille)............................. 1 vol.
3ᵉ Série : **Piémont, Lombardie, Vénétie,
Frioul** (3ᵉ mille)...................... 1 vol.

FIEL (MARTHE)

Sur le sol d'Alsace (3ᵉ mille)............... 1 vol.

GALLI

L'armée française en Égypte (1798-1801)... 1 vol.

GAUTIER (THÉOPHILE)

Tableaux de siège. Paris, 1870-1871.......... 1 vol.

HURET (JULES)

En Allemagne : Rhin et Westphalie
(30ᵉ mille)............................. 1 vol.
— **De Hambourg aux Marches de Pologne**
(22ᵉ mille)............................. 1 vol.
— **Berlin** (30ᵉ mille)...................... 1 vol.
— **La Bavière et la Saxe** (20ᵉ mille)......... 1 vol.

IUNG (Général Th.)

Bonaparte et son temps (4ᵉ mille).......... 3 vol.
L'Armée et la Révolution. Dubois-Crancé,
   mousquetaire, constituant, conventionnel, etc.
   (1747-1814)............................... 2 vol.
Stratégie, tactique et politique (3ᵉ mille).... 1 vol.
La République et l'Armée................. 1 vol.

JURIEN DE LA GRAVIÈRE

Guerres maritimes, sous la République et
   l'Empire, avec les plans des batailles navales du
   cap Saint-Vincent, d'Aboukir, de Copenhague, de
   Trafalgar et une carte du Sund................. 2 vol.

LANFREY (P.)

Histoire de Napoléon Iᵉʳ................... 5 vol.
Essai sur la Révolution française......... 1 vol.

LAVALLÉE (Théophile)

Histoire des Français, depuis le temps des
   Gaulois jusqu'à nos jours (nouvelle édition), déve-
   loppée de 1814 à 1848 et continuée sur le même
   plan, jusqu'en 1900, par M. Frédéric Lock et par
   M. Maurice Dreyfous....................... 7 vol.
      Tome I : *Les Gaulois, les Francs, les Fran-
çais jusqu'en* 1328.
      Tome II : *Les Valois* (1328-1589).
      Tome III : *Les Bourbons* (1589-1789).
      Tome IV : *Révolution, Empire* (1789-1814).
      Tome V : *Restauration, Monarchie constitu-
tionnelle* (1814-1848).
      Tome VI : *Deuxième République, Second Em-
pire, Troisième République* (1848-1876)
      Tome VII : *Troisième République* (1876-1900).

LAVALLÉE (Théophile) (*suite*)

Géographie physique, historique et militaire, ouvrage adopté pour l'École militaire de Saint-Cyr. Édition *entièrement refondue, corrigée et augmentée* par M. P. Martine.............. 1 vol.

LEBLOND (Marius-Ary)

La France devant l'Europe................ 1 vol.

LEMONNIER (Camille)

La Vie belge............................ 1 vol.

MACAULAY

Histoire d'Angleterre depuis l'avènement de Jacques II. *Histoire de la Révolution anglaise en* 1688, traduite par M. Émile Montégut. 2 vol.
Histoire du règne de Guillaume II, pour faire suite à *l'Histoire de la Révolution en* 1688, traduction A. Pichot........................ 4 vol.

MAETERLINCK (Maurice)

La Mort (39ᵉ mille).................... 1 vol.

MALOT (Hector)

Le lieutenant Bonnet (19ᵉ mille).......... 1 vol.

MANCEAU (Commandant Émile)

Armées étrangères....................... 1 vol.
Notre Armée......... .... 1 vol.

MARAIS (Jeanne)

Amitié allemande....................... 1 vol.

MARGUERITTE (Victor)

Les Frontières du cœur (17ᵉ mille).......... 1 vol.

ROSNY (J.-H.)

La Guerre du feu (4e mille).................. 1 vol.

ROSTAND (EDMOND)

Cyrano de Bergerac (409e mille)............. 1 vol.
L'Aiglon (304e mille).......... .... 1 vol.

SCHURÉ (ÉDOUARD)

La Légende de l'Alsace.................... 1 vol.

SIENKIEWICZ (HENRYK)

Quo Vadis, traduit par B. KOZAKIEWICZ et J.-M. DE
JANASZ (208e mille)........................ 1 vol.
Par le fer et par le feu, traduit par le comte
WODZINSKI et B. KOZAKIEWICZ (42e mille)........ 1 vol.
Les Chevaliers teutoniques, traduit par LES
MÊMES (5e mille)........................ 1 vol.
Au Champ de Gloire, traduit par LES MÊMES
(6e mille)................................ 1 vol.

STEENACKERS ET LE GOFF

Histoire du Gouvernement de la Défense
Nationale en province (4 septembre 1870-
8 février 1871)........................ 3 vol.

VILBORT (J.)

Contes flamands..................:...... 1 vol.

ZOLA (ÉMILE)

La Débâcle (240e mille)................... 1 vol.

Envoi franco contre mandat ou timbres-poste.